STELLA KAMNGA

LA FRANCE N'EST PLUS LA FRANCE

Dialogue non coupable

Entretien mené par François-Xavier Consoli

ÉDITIONS DU VERBE HAUT/LIBRAIRIE LES DEUX CITÉS

Dépôt légal : Novembre 2021
ISBN : 978-2-491187-12-5
Imprimé en France

« Il n'y a pas plus aveugle que celui qui ne veut pas voir » rappelle l'adage. Ceux qui s'arrogent le droit de parler ou de penser le réel, possèdent dans leurs manches de nombreux tours de passe-passe pour faire accepter au citoyen lambda une version, soit bien angélique des choses, soit totalement cataclysmique. La juste mesure et le constat froid ne pouvant échouer que sur les rivages de l'étiquette du débat démocratique du gauche/droite, gaucho/facho, gentil/méchant, etc.
L'époque nous enjoignant à la pluralité des regards, prenons l'époque au mot ! Moi Stella Kamnga, Camerounaise, arrivée en France en 2017, devrait avoir un regard arrêté sur ce réel. En tout cas c'est ce que beaucoup de gens en France semblent penser : je suis noire, je suis une femme. Des caractéristiques qui devraient automatiquement, naturellement dirais-je même, me donner un avis, une opinion, un regard tranché sur le monde. Ouverture, mansuétude, compréhension, acceptation... bref ! Je devrais d'instinct être une femme de gauche, militante antiraciste, pro-féministe et africaniste, portant le flambeau de l'émancipation de mes frères de couleur, luttant sans modération contre l'héritage néo-colonialiste et le racisme viscéral qui gangrènent cet horrible pays qu'est la France. N'est-il pas amusant d'ailleurs de constater que

ceux-là mêmes qui me reprochent des positions opposées à tout cela, au nom de leur antiracisme et de leur tolérance de bazar, s'offusquent et me rabrouent avec virulence, moi qui suis à cent lieues de leurs clichés bien-pensants ?
À ces personnes, je leur rappelle que non, je ne suis pas ce que vous attendriez d'une femme noire en France, que l'on suppose automatiquement de gauche. Tout simplement parce que je ne m'arrête pas à cela. Tout simplement parce que votre idéologie vous pose des œillères sur les yeux. Tout simplement parce que vos idées ont biaisé votre regard et vous ont rendus aveugles.
Pour ce témoignage, durant ces lignes, je m'efforcerai de montrer aux lecteurs mon amour de la France, une France que je suis censée exécrer compte tenu de son passé colonialiste, une France que je devrais condamner en raison de ma couleur de peau, une France qu'il me faudrait maudire sous prétexte que je suis une femme !
Loin de moi l'idée de sombrer dans un angélisme inversé, de prétendre que tout va bien dans le meilleur des mondes. Mais à ceux qui ont déclaré la guerre à ce pays, il est temps de leur rappeler que ce sont leurs idées qui ont amplement participé à ce réel de 2021. Et toujours à ces derniers, il est bon de leur

signifier que leurs réquisitoires permanents contre la France, qui leur servent en dernière instance de gagne-pain, n'accordent pas plus de légitimité à leurs leçons, qu'à celles que je vais ici leur opposer.

Cette France qui ne doit plus l'être d'après certains, cette France qui doit « évoluer » selon d'autres, cette France qu'ils détestent, n'a pas à baisser la tête. Cette France mérite d'être aimée. Sans prétention, ni leçons de morale faciles (je laisse cela à d'autres), mon témoignage viendra rappeler à ceux qui se sont déclarés « ennemis » de ce pays qu'une couleur de peau ne nous enferme pas dans un positionnement politique.

Mon regard est un regard d'ailleurs, un regard extérieur. C'est un fait. Tout comme un pèlerin, je suis aujourd'hui sur une terre qui n'est pas la mienne, mais dont les beautés, les grandeurs, m'ont forcément poussée à l'aimer. Et c'est avec ce regard réaliste et sans langue de bois, que je constate que la France n'est plus la France. Alors à ceux qui voudraient la changer, la porte est ouverte ! Car la France n'a pas à baisser le regard !

Stella Kamnga, d'où viens-tu ? Comment s'est déroulée ton enfance ?

Je suis née en 1994 au Cameroun. Plus précisément dans un tout petit village qui s'appelle Loum. Dans une famille dont les parents étaient mariés, enfin sur le papier. Mais mon père était à la fois violent et absent. Constatant cette absence, ma mère a pris les choses en main en nous élevant dans les valeurs chrétiennes. Des valeurs qui restent une sorte de « demeure » où je me retrouve si l'on peut dire. Mais je suis athée par choix. Ce bain culturel implique d'ailleurs que je me retrouve parfaitement, en discutant avec des gens ayant grandi dans les années 1960, 1970 ou 1980. Autrement dit des gens qui ont reçu une éducation ou qui ont connu un monde qui m'est plus familier que celui de 2021. Voilà mon socle familial.

Autrement dit, tu as grandi dans une autre époque que celle dans laquelle nous sommes aujourd'hui ?

Au niveau de l'éducation, c'est une évidence ! Si je reprends les grands classiques que l'on étudie dès la primaire : La Fontaine, Molière, Proust ou Apollinaire, ce sont des auteurs

essentiels pour nous ; et on se doit de les connaître. Ce ne sont pas des auteurs à mettre au placard, c'est indépassable. C'est plus que la culture française, c'est la France. Et il faut reconnaître que les fondamentaux dans lesquels ma mère m'a élevée coïncident très bien avec ces auteurs. Malheureusement, je crois qu'on les oublie un peu trop vite aujourd'hui. Je ne sais pas si c'est vieux jeu, mais c'est la culture que j'ai eu la chance de recevoir.
Il en est de même pour les méthodes d'enseignement : le tableau noir, la craie et la tape sur les doigts avec la règle... bref ce que l'éducation nationale en France semble considérer comme dépassé et vieillot. C'est pourtant de cette façon que l'on apprend encore au Cameroun ; et évidemment, le respect de la figure d'autorité : du professeur des écoles à l'agent de police, les parents, donc les aînés, sont éminemment respectés. On ne verrait pas des élèves s'en prendre à ces symboles qui structurent la société. Et je peux garantir que celui qui s'y risque ne frime pas bien longtemps. Autrement dit, on a encore le sens de la nécessité de la punition. Et le respect des symboles qui vous donnent une voix. Il n'y aurait pas de plainte ou d'atteinte à l'intégrité de l'enfant ou je ne sais quoi au Cameroun. On a le sens de la punition, parce que c'est normal de corriger les enfants.

Par exemple, on peut en rire ou s'en moquer, mais ma mère, autant pour me punir que pour me prodiguer un conseil, utilisait la bible, en adaptant des passages à chaque situation de la vie. Dès lors où l'on grandit avec ça, forcément ça vous marque, autant dans le mauvais que dans le bon sens du terme. Finalement, cette structure, ces règles, avec le recul, me semblent tout à fait nécessaires.

À propos de ton enfance, en quoi la situation familiale a été particulièrement marquante pour toi ?

Sans tomber dans le mélodrame, car ce n'est pas dans ma nature de faire dans « la larmichette », ma situation familiale a toujours été très shakespearienne. Mais je viens du Cameroun, alors on doit raisonner en terme tribal.

Mes parents appartiennent à deux tribus différentes. Précisément celles qui se détestent : mon père vient de l'ouest, de la tribu dite des « commerçants », les Bamilékés. Ma mère est une Beti, une tribu qui se trouve surtout au centre et à l'est du pays. Les rapports entre les deux ont toujours été tendus.

À cela je dois ajouter que le père de ma mère était un militaire, commandant dans l'armée. Il

va de soi qu'il n'a pas du tout apprécié que ma mère entretienne une relation avec mon père : les Bamilékés ayant une très mauvaise réputation concernant les femmes, encore plus si l'on ne fait pas partie du clan.
C'est aussi vrai pour la famille de mon père, qui ne pouvait pas cautionner que ce dernier fréquente ma mère. Dès mon enfance, j'ai toujours senti ce contraste, ce déchirement entre deux peuples qui se haïssaient.
Une situation qui me fera bien vite comprendre que je n'aurais pas mon mot à dire, que de nombreux choix me seront tout bonnement imposés. Autant pour ma petite sœur que pour moi d'ailleurs. Je devais avoir 4 ans, ma sœur 2 ans, et les choses ont commencé à aller mal à partir de là.
Ma mère était femme au foyer et dépendante de mon père. Pour reprendre des études et travailler, elle a été obligée de nous laisser à un cousin pour qu'il s'occupe de nous. Je ne comprenais pas tout ce qui se passait. Je lui en ai beaucoup voulu à cette époque. Avec le recul, on comprend les décisions des adultes. Elle n'a pas eu le choix et en a beaucoup souffert. Mais sur le moment, un enfant ne peut pas comprendre qu'on le prive de voir ses parents. On le vit comme un abandon.
Il n'empêche que je me demandais où était notre père. Pour ajouter un peu de piment si je

puis dire, nous étions mal traitées par notre oncle. Un exemple ? Je revois très bien ce dernier brancher le fer à repasser pour corriger ma petite sœur qui faisait pipi au lit. On souffrait beaucoup de cette vie.
Et qu'on me comprenne bien : ça n'a rien à voir avec ce que je disais juste avant sur la correction de l'enfant. Car je suis sûre que certains en viendront à amalgamer les choses. Mon oncle et d'autres membres de ma famille ont été clairement abusifs avec nous. Des violences qui marquent quand on est enfant, mais les enfants n'y peuvent rien. En cours élémentaire, j'ai même écrit une lettre à ma mère pour tout lui dire. Je n'osais pas en parler directement. Naïvement, j'ai confié à la femme de mon oncle cette lettre qu'elle devait transmettre à ma mère. Bien mal m'en a pris puisqu'elle s'est empressée de tout dévoiler. Ce qui devait arriver arriva, et je me suis pris un assortiment de schlagues. Cela a été d'une telle violence, que la tentative de raconter à ma mère ce qui se déroulait pour nous m'est vite passée. Même quand ma mère venait nous rendre visite, et voyait que ça n'allait pas, c'était fini. Hors de question que je dise quoi que ce soit : le mur. Mais au moins, ça t'épaissit le cuir... (*Sourire*).

Une violence qui va donc provoquer un grand mutisme chez toi ?

Exactement ! J'ai pensé que je ne devais rien dire. Que la situation ne pourrait que s'empirer si je parlais. Sans me rendre compte qu'en adoptant cette attitude, on allait forcément choisir pour moi. Autre exemple : alors que mes cousins se rendaient tous les jours dans une école que l'on peut qualifier « de huppée », ma sœur et moi allions au même moment dans un endroit complément lugubre et minable en comparaison. Ma mère demandait « pourquoi les enfants ne vont-ils pas à la même école ? » La femme de mon oncle lui disait que « c'était mon choix, que j'étais heureuse de fréquenter cet établissement. » Évidemment c'était faux. En me collant dans une école dévaluée, ils voulaient juste bien rappeler la différence entre les enfants.

Très tôt, le fait que l'on décide pour moi m'a été insupportable. Je ne pouvais pas l'accepter, je savais que je valais mieux. Je n'attendais donc plus qu'une chose : que ma mère ait rapidement son diplôme pour qu'elle nous sorte de là le plus rapidement possible.

J'ai fini par tout avouer. C'était trop lourd à porter. Un jour, alors que l'on rentrait de vacances, ce qui voulait dire retour dans cette famille, j'ai craqué. C'était l'horreur de s'imaginer revenir dans cet endroit. Alors j'ai tout dit. De plus, ma sœur et moi nous ne connaissions pas notre père. Nous voulions le rencontrer. Ce manque de père devenait tout aussi difficile à porter. On savait qui il était certes, mais notre mère nous avait arrachées à lui quand il l'avait renvoyée dans sa famille. Nous étions trop jeunes pour comprendre mais avec tout ce qu'on avait subi chez le cousin de ma mère, on se disait qu'avec notre père ça ne pouvait pas être pire. Ma mère nous a écoutées et a accepté une sorte de retour en grâce du bonhomme. À cette époque, notre père avait « rencontré Dieu » comme il disait. Ce qui a suffi à notre mère pour nous laisser chez lui, certaine des bonnes intentions de notre géniteur depuis cette soudaine conversion au christianisme. En bonne croyante, ma mère l'a cru sur parole. On a donc été bringuebalées entre Douala et Yaoundé.

C'est une autre phase de l'enfance qui commence. Assez bizarre d'ailleurs, car j'ai été confrontée à une nouvelle forme de violence.

Mon père s'est mis en couple avec une femme après ma mère. Mais il l'a mal choisie manifestement, puisqu'il s'est fait dépouiller. Du jour au lendemain, il n'avait plus rien. Je sais, les choses vont bien plus vite qu'on ne croit en Afrique... (*rires*) Autrement dit, la vie était très spartiate. Notre père nous a placées dans la maison de sa tante : vieille, abîmée, des trous dans le plafond, des canapés troués en guise de lit, sans parler de l'humidité. Bref, un environnement franchement affreux et inconfortable. Mais toujours mieux que notre situation précédente, car là, personne ne s'en prenait à nous physiquement ou psychologiquement. Notre père nous avait promis que lorsqu'il aurait de l'argent, la situation s'améliorerait. Pour parvenir à s'en sortir, il s'est intéressé à l'aloe vera et s'est aventuré dans le commerce de cette plante. Finalement, au bout d'un certain temps, c'est devenu lucratif. Un nouveau départ pour notre père, qui a pu enfin nous emmener dans notre chez nous. Alors attention, cela n'avait rien de fabuleux : encore un toit plein de trous, de l'eau qui coulait dans nos chambres, mais on était ensemble, on était tous les trois. Après ce qu'on avait vécu, ça ne me dérangeait pas outre mesure. Certains jours on ne mangeait pas. Mais notre père gardait les sous pour nous acheter le goûter pour le lendemain. Une forme de sacrifice que je recevais comme un don de sa part. C'est aussi cela qu'on attend de ses parents.

C'est bête à dire, mais là j'ai vu mon père se comporter comme un père avec nous. Il a pris les choses en main, et c'est ce qu'on attendait de lui. Ma mère l'a vu, l'a compris, car on était, ma sœur et moi, un peu plus heureuses. Il y avait un vrai changement. Alors on a légèrement mis la pression à ma mère pour « reprendre mon père » que l'on voulait près de nous. Je crois que tous les enfants qui n'ont pas l'un ou l'autre de leurs parents à la maison font ce vœu un moment ou l'autre de leur vie... Enfin je crois ? (*Sourire*).

Malgré les déboires, il y avait enfin un peu de lumière au bout du tunnel finalement ?

C'est ce que je pensais, mais hélas, trois fois hélas, rien ne s'est passé comme prévu. Les choses se présentaient plutôt bien : une nouvelle maison, chacune sa chambre, plus de trous dans le plafond ou les murs. Bref, on était enfin bien matériellement. Mais cette nouvelle vie n'a fait que réveiller les démons de mon père. Financièrement, tout allait mieux. Mais la situation entre mes parents s'est vite dégradée, et lorsque ma mère est tombée malade ce fut le début d'une nouvelle descente aux enfers. Lui continuait de mener sa petite vie, moi je devenais infirmière et garde malade. Je me suis mis à accompagner ma mère à l'hôpital très régulièrement. Mon père s'est transformé en monstre. C'est pourtant lui qui nous réveillait le matin, qui nous accompagnait à l'école, qui

a pris soin de nous lorsqu'on était juste tous les trois. Bref, il agissait en père celui-là ! Eh bien, il est devenu un autre tortionnaire que j'ai pu ajouter à la collection de ceux que j'avais déjà connus.
Et pour couronner le tout ? Ma mère attrape au même moment la tuberculose, alors qu'au Cameroun, cela ne se soignait pas. Très vite, on a dû se faire à l'idée que notre mère ne s'en remettrait pas.
Notre soi-disant père, plutôt que de nous rassurer, s'était (déjà !) entiché d'une nouvelle femme, en nous expliquant que de toute façon « votre mère va crever, il serait mieux pour tout le monde que vous fassiez votre deuil... ».
Une ambiance particulièrement stimulante pour la gamine que j'étais. Et qui dit tuberculose, dit isolement. On peut dire que j'ai connu les joies du confinement bien avant le Coronavirus ! (*Rire*).
Pendant près de deux ans, je ne pouvais pas voir ma mère. Elle était bouclée dans une chambre à l'étage, interdiction de lui rendre visite. Ma sœur non plus n'avait pas le droit. Encore une ambiance saine pour aller mieux : interdiction de voir sa mère ! Le seul contact que j'avais avec ma mère, c'était en passant par une fenêtre pour lui tendre la main. C'était le seul moyen dont je disposais pour profiter un peu de la présence de ma mère. Mais trop c'est

trop, et j'ai fini par voler la clef de cette fameuse chambre qui nous était interdite.
Un décor de zombie : une chambre sens dessus dessous, comme si l'on avait abandonné ma mère à son triste sort, telle une recluse dans sa maladie. De toute façon, « elle allait mourir ! » Donc à quoi bon ? Le fait d'avoir bravé l'interdit et mis de l'ordre dans tout ce chaos m'a valu une nouvelle correction de mon père. Pour lui, elle devait bientôt mourir. Quel intérêt de lui donner un peu d'attention ?
Près de deux ans de maladie. Elle avait réussi ses études, et était devenue prof juste avant, ce qui lui octroyait un salaire. Encore un morceau de bravoure de ma part si je puis dire, puisque durant toute cette période, c'était moi qui avais accès à ses comptes. Autrement dit, j'encaissais les sous de ma mère en cachette. Les jours où mon père ne nous donnait pas d'argent pour manger, c'est moi qui, discrètement, m'occupais de ma sœur.

Une fois encore, je remarque que tu as grandi un peu plus vite que la normale ?

Ah ça, je pense qu'on peut le dire ! (*Sourire*) malgré la maladie, ma mère a trouvé la force de surmonter ce moment. Sa capacité de résilience m'a bluffée. Le nouveau traitement

l'a bien aidée aussi, il faut le reconnaître. Et, oh chose étonnante, mon père, la voyant se remettre, lui est encore tombé dessus. Il lui a demandé de démissionner, voulant avoir une « *femme sage* » à la maison. Il va de soi qu'elle a refusé. Ma mère a ensuite touché son rappel en tant qu'enseignant [1], un truc comme 2 millions de francs CFA[2]. Somme conséquente... et alléchante au Cameroun.
Apprenant cela, mon géniteur a relancé sa danse du ventre pour faire rester ma mère. Et comme de juste, elle est à nouveau tombée dans le panneau. Ma mère lui a donné tout son argent pour construire une maison. Mon père s'est lancé dans la construction d'une maison... en planches. Étrangement similaire à celle de sa tante. On ne se refait pas !
Bref, c'était un retour vers le passé ! Et pour ajouter une couche de peinture à ce nouveau « palais » qui s'offrait à nous, toutes les eaux usées du quartier finissaient chez nous. C'est dire à quel point la pauvre bâtisse avait été intelligemment pensée...
Ce qui explique certainement pourquoi aujourd'hui, je ne peux pas m'imaginer vivre au rez-de-chaussée. Il me faut de la hauteur quoi qu'il arrive ! L'eau ne peut pas me trouver en

---

[1]Somme cumulée d'un salaire pendant un certain temps.
[2]L'équivalent de trois milles euros.

hauteur ! (*Rires*).
Je n'ai pas été la seule à être marquée par ces inondations. Ma mère a également perdu énormément : ses livres, en grande majorité de la littérature française qu'elle aime tant, ses diplômes, etc. Encore un excellent souvenir en somme !
Le comble, c'est que ma mère, trop chrétienne peut-être, trouvait encore le moyen de pardonner à mon père son abandon permanent. En le laissant à chaque fois revenir, pour le laisser nous empêtrer dans des situations improbables. Raison pour laquelle j'ai aujourd'hui beaucoup de mal avec cette idée de pardon. Cela viendra peut-être un jour, mais ma méfiance est telle, que je ne peux me laisser aller au pardon très facilement. Ce n'est pas très chrétien comme perspective, je sais. Mais on ne se refait pas, hein ? (*Sourire*).

Pour t'arracher de cette enfance/adolescence difficile, tu te lances dans des études ?

En effet ! Grâce aux études, à 18 ans, je pars enfin de Douala pour habiter seule. Pour « m'émanciper » si je puis dire.
Mais on n'échappe pas à notre passé. À croire que les mauvais souvenirs finissent par vous

rattraper. J'ai encore eu droit à une sympathique surprise le jour où j'apprends que mon géniteur a envoyé ma mère à l'hôpital.
Là c'était plus possible pour moi ! C'était de trop ! J'ai pris le premier bus me ramenant à Douala, mais il s'était déjà sauvé. Je l'ai finalement attendu pendant une semaine. Comme ma mère se complaisait encore dans le registre du pardon « c'est ton père, il faut pardonner », j'ai fini par lui poser un ultimatum : « Soit ma sœur échappe à cet homme, soit c'est la police ! » Heureusement, les choses ont fini par s'arranger, puisqu'il a encore disparu pendant un moment. Tout cela s'est passé entre 2015 et 2017. Durant cette période, j'ai rencontré un ami qui s'est intéressé à mon histoire. Il m'a encouragée à partir pour la France. Le français était ma langue maternelle après tout. C'était déjà ça de réglé.
Comme je le disais, c'est dans les études que j'ai réussi à trouver le salut. J'étais intéressée par la Chine, mais la France est devenue une possibilité, même si la simple idée d'y faire des études me semblait complètement farfelue à cause du coût financier.
Avec une mère qui touche deux cent trente euros, ce n'était pas envisageable ! La caution pour venir en France, c'est sept mille cinq cents euros. On en est loin ! (*Rires*).
Finalement, c'est l'ami que j'avais, ingénieur de

métier, qui m'a aidée à venir, mais disons qu'une nouvelle mésaventure m'attendait au tournant.

Une fois encore, à peine arrivée en France, tu es à nouveau dépendante de quelqu'un qui finit par te lâcher ?

Qu'on me comprenne bien : je ne suis pas du genre à me plaindre. Et il ne faut pas refuser une main tendue qui ne demande qu'à vous aider.

Seulement je commence rapidement à m'apercevoir, au moment de mon arrivée, que cette situation ne me convient pas du tout. Bref, je devais rapidement trouver un travail pour être indépendante ; parce qu'on peut largement vivre pour un mois avec soixante-dix euros à Douala. À Paris, c'est bien plus compliqué !

D'autant plus que je me retrouvais dans une famille d'accueil où l'ambiance était particulièrement pesante. En y repensant, on me faisait comprendre que faire des études était quasiment une tare. Résultat ? Je me retrouve à la rue en décembre, trois mois à peine après ma venue, en plein hiver. À ce moment-là, mes soi-disant « frères de couleur » ont commencé à me faire comprendre que ma « pigmen-

tation » était plus un boulet qu'autre chose : « *T'es noire, tu peux juste postuler au MacDo. T'as pas le choix, tu devras être femme de ménage, ou coiffeuse à Château Rouge ! ».*
Il ne faut pas désespérer malgré tout ! C'est certainement la culture chrétienne que j'ai reçue qui infuse toujours en moi qui parle là ! (*Rires*) une nouvelle rencontre m'a permis d'améliorer mon CV. J'ai pu rebondir très vite, en obtenant deux emplois : chez Auchan et à la tour Eiffel. Ouf ! J'ai pu m'en sortir.

Naïvement, j'imaginais que les différentes diasporas se soutenaient un peu plus que ça à l'étranger. Tu as été aidée par les gens venus du Cameroun ?

Ça a été très court ! Je pensais que je pourrais trouver un peu d'aide. Mais c'est plutôt la diaspora qui m'a enfoncée ! Le soutien, je l'ai trouvé de la part des Français que je rencontrais alors que je travaillais. Les crasses, les « coups de pute », et toutes ces petites lâchetés, elles ne venaient pas des Français blancs.
Le soutien, je l'ai trouvé de la part de gens qui m'ont donné de l'argent sans rien attendre en retour, ne me connaissant même pas. Idem

pour un logement ou que sais-je ? Ces dons, sans rien attendre en retour, ce sont des blancs qui me les ont offerts ! Dans une ville où l'on te demande les plumes d'un poussin rose pour avoir un logement, j'ai eu cette chance extraordinaire de trouver des gens honorables sur mon chemin. Et je le répète, les gens qui m'ont aidée étaient français et dans la très grande majorité, des blancs. Bref, un vrai pays de gros racistes ! (*Rires*).

Mais pour en revenir à la diaspora, notamment camerounaise, que j'ai un peu côtoyée, j'ai surtout eu affaire à des criminels. Vraiment. Des gens dont il faut s'éloigner tout de suite. D'autant que le nom en Afrique a son importance, puisqu'il en dit long sur ton origine ethnique. Et ça on me l'a bien fait comprendre ! Est-ce que la diaspora t'aide ? Pas du tout ! On va surtout en profiter pour t'exploiter, te faire bosser pour rien, en te donnant cent euros par-ci, cent euros par-là, mais ton salaire, il y a longtemps qu'il a été étouffé par tes soi-disant bienfaiteurs... Et ce schéma-là fonctionne autant pour ceux arrivés légalement en France, que pour les 2e et 3e générations. Pour ceux arrivés illégalement, c'est un quasi-passage obligé. Sans les papiers, les moyens de pression sont tels que c'est sans fin.

On a affaire à de l'esclavage en somme ?

Mais évidemment ! Quand tu travailles avec des blancs, ils te paient ce qu'ils te doivent. Or, ce ne sont pas des blancs que les primo-arrivants sont amenés à rencontrer quand ils débarquent. À l'ambassade, à la CAF ou je ne sais quelle administration oui. Pas pour vivre ou travailler. Très nombreux sont ceux qui finissent par être exploités par les amis, le mari de la tante, un vague cousin ou autres, en devenant la bonniche, ou en finissant sur le trottoir. Dès lors, ta vie ne t'appartient plus. Et il n'y a aucun blanc exploiteur dans l'affaire...

Lorsque tu arrives à Paris, est-ce que la ville correspondait à l'idée que tu t'en étais faite ?

Malheureusement, j'ai commencé par la pire face de la médaille si je puis dire ! Je vivais à Saint-Ouen à ce moment-là. J'avais un parcours journalier assez fermé. Arrive le premier jour de cours, première vraie journée dans Paris si je puis dire. Et pour un travail de groupe, on doit se rendre à Barbès. À Barbès ! Si l'on a les yeux bien ouverts, on ne s'en remet pas... (*Regard désolé*).

Et là... j'étais de retour au Cameroun. Et pas le bon côté, je t'assure. La face la plus sale, la plus crasseuse du Cameroun. Je dirais même de toute l'Afrique. C'est laid, c'est moche, ça pue, c'est comme au village, mais en pire. Pour le dire encore plus directement, c'est la mauvaise graine de l'Afrique. Cette image m'a vraiment marquée. Et pour tout dire, je me suis mise à douter de moi. Je me disais : « *Je viens d'Afrique, et je suis semblable à ça ?*».
Je n'en croyais pas mes yeux ! J'ai vu des blancs au Cameroun, oui. Dans le quartier avec des entreprises ou dans le quartier des restaurants français. Dans l'ensemble c'est très très rare. Ici, c'est moi qui devais être exotique ! (*Rires*).

Et finalement... ?

Et finalement, c'était presque agressif cette situation ! La population, la façon d'aborder les gens, la façon d'être des gens vivant là, c'est une catastrophe. Je n'avais jamais vu cette tension. Même au Cameroun, cela n'existe pas. En réalité, les gens qui sont là vivent l'Afrique en France. Ils ne savent pas qui ils sont. Tout simplement parce qu'au fond, ils ne sont rien. Ni de là-bas. Ni d'ici. Ils ne cherchent pas à découvrir, à connaître la France. Ils trans-

posent littéralement leur mode de vie africain en France : le dialecte, la nourriture, la façon d'être. Va leur parler d'un bœuf bourguignon ou d'un verre de Bordeaux. Non ! Impossible ! Ils parlent « *Afrique* », ils pensent « *Afrique* », ils sont « *Afrique* ». Mais ils ne vivent pas en Afrique. Les caractéristiques, les coutumes, la culture, les qualités de l'endroit où ils vivent, où ils stationnent, je dirais même, à savoir la France, c'est du chinois pour eux.
Finalement, de Saint-Ouen à Barbés, je me suis dit que si c'est ça la France ? « *Mais quelle déception ! J'aurais dû partir en Chine !* ».

Mais heureusement la France ce n'est pas que ça. Tu as pu en voir un autre aspect après une visite d'un lieu particulier, surtout à Paris ?

C'est vrai. La visite du Sacré-Cœur a été un déclic ! J'étais assez isolée à ce moment-là. Le fameux « *métro-boulot-dodo.* » J'avais un monde autour de moi que je voulais découvrir, et surtout je voulais m'ôter cette image de Barbés, de Château-Rouge. Alors je suis partie à la « *rencontre de Paris* » si je puis dire. Et le Sacré-Cœur a été une révélation : l'église, la vue, les gens... je quittais Barbés, je quittais l'Afrique. Je me suis dit « *là en revanche, c'est la France* ! » Et c'était le début de ma rencontre avec la France.

On a commencé à l'évoquer : le fameux racisme en France. Compte tenu de ce que l'on dit sur la France, j'imagine que tu as vécu beaucoup de racisme à cause de ta couleur de peau ?

Ah oui ! j'en ai connu du racisme. De la part des noirs ! Ça oui ! Les insultes, les railleries, les tentatives d'humiliation, ça venait des noirs. Les « *guenon, négresse, singe* » et autres joyeusetés et noms d'oiseaux, ce sont des noirs qui me les ont crachés au visage.
Autre point important dont je veux vraiment parler : j'entends beaucoup de gens dire que sous prétexte que l'on porte un nom africain, tout est plus difficile, la vie est plus dure, etc.
Il faut rappeler une chose qui me semble pourtant simple à comprendre, mais apparemment l'évidence ne saute pas aux yeux de certains : un propriétaire, un patron ou que sais-je, est parfaitement en droit d'accepter, comme de refuser un logement ou un boulot à qui que ce soit. Je serais propriétaire en France, je ne louerais pas mon logement à un étranger. Pour une raison simple : tu as un problème, ton

locataire se sauve à Dakar ou Tunis, sans payer ce qu'il te doit, tu fais comment ? Combien d'exemples de gens que j'ai rencontrés dans ma courte expérience, me confiaient les kilomètres d'embrouilles à propos d'un logement qu'ils avaient loué, qu'ils ne pouvaient pas récupérer : plus de deux ans sans pouvoir expulser qui que ce soit, la trêve hivernale... C'est sans fin.
Voire un locataire qui a la bonne idée de sous-louer le logement à d'autres personnes. C'est arrivé à une amie, d'origine camerounaise qui louait à un Sénégalais. Sans parler des gens qui partent en emportant les prises, les tuyaux, etc. Bref, ils désossent tout ! Et qu'est-ce qu'on peut faire dans ces conditions ? Rien...
Alors oui, comment en vouloir aux propriétaires qui ne peuvent que se méfier des locataires ? Et encore plus lorsqu'ils sont étrangers. Pourquoi prendre tous ces risques ?
En France, pour louer un logement, on te demande un mois, voire deux mois de caution. Et un mois de loyer. Au Cameroun, on te demandera un an de loyer, et deux mois de caution. Dans un pays où le SMIC est de cinquante euros, le loyer d'une maison c'est sept cents euros. Comment faire si tu n'as pas d'économies, d'argent bloqué sur un compte ? Certes, en France, ce n'est pas facile, loin de là. Mais au Cameroun, c'est tout simplement

impossible !
La vie n'est pas plus facile en France qu'au Cameroun. Et c'est pareil pour le boulot. Puisque je parlais des femmes de ménage, je peux te garantir que si une femme de ménage était payée mille deux cents euros au Cameroun, ça serait le pays le plus propre au monde. Ça n'existera jamais certes. Mais si je prends cet exemple, tout comme pour le logement, c'est pour bien faire comprendre que, en France, ou au Cameroun, bah oui c'est compliqué de trouver.
Ceux qui me disent « *oui je suis noir en France et je ne trouve pas de logement, je ne trouve pas de travail, et c'est parce que je suis noir !* », je leur réponds que si c'est difficile, va faire tes tentatives dans ton pays, ou le pays dont tu te revendiques, puisque tu en as « l*es origines.* » Si tu peux trouver tout cela, parce que tout le monde te ressemble là-bas, et bien camarade, qu'est-ce que tu fous là ?

Si je te comprends bien, l'existence d'un « racisme systémique », concept porté par de nombreux acteurs du débat politique aujourd'hui, est une chimère ?

Le racisme systémique ça n'existe pas ! Par la force du travail, je suis l'exemple même d'une

certaine réussite. Et je pense vivre mieux que le Français moyen. Autrement dit, cette escroquerie qu'est le « *racisme systémique* » n'est qu'un discours doucereux et larmoyant de la part de beaucoup de politiques ou acteurs du débat public, pour à la fois caresser dans le sens du poil un certain électorat, mais aussi pour bien entretenir une certaine torpeur, désormais atavique, des immigrés et descendants d'immigrés.
Je me répète, mais on ne le dira jamais assez, les difficultés, cela existe partout ! Combien d'étudiants français avec lesquels j'ai pu échanger se trouvaient dans une situation bien pire que la mienne. Des Français, des blancs. Eh oui, ce n'est facile pour personne. Si l'on fait des sondages dans le 9.3 sur la pauvreté, oui on aura des résultats qui pourraient laisser croire que c'est plus pauvre qu'ailleurs. C'est bien. On fait les mêmes sondages dans le Nord, dans les Vosges ou le Massif central, là aussi on en trouvera de la pauvreté. On peut leur faire dire ce que l'on veut aux sondages. Il y a des dizaines de biais pour obtenir le résultat qu'on espère.
La réalité est simple : si vous avez affaire à une population à qui l'on apprend dès le berceau que la France est raciste, que ce racisme est la raison pour laquelle cette population reste pauvre, que cette population vit selon ses co-

des, selon sa loi, selon ses mœurs, comment voulez-vous vous en sortir ? Et ce sont ces mêmes individus qui viennent discourir sur les plateaux télé en nous expliquant qu'ils se sentent rejetés, parce que... « *de toute façon la France est raciste !* » C'est absurde. En plus d'être comique. Et tu sais quoi ? Même si c'était vrai, et alors ?
Personnellement, avec mon nom, autrement dit le nom de mon géniteur, j'ai un nom de l'ouest, et cela me place dans une situation bien difficile quand on y réfléchit. Si je veux trouver un boulot dans le centre, autrement dit Yaoundé ou Douala, j'aurai un mal fou à trouver un travail. Dès qu'on verra mon nom, c'est terminé. Ma petite sœur, qui possède pourtant un Master2 en logistique, est au chômage depuis plus de deux ans au Cameroun. Et ça, c'est bien du racisme non ? Et personne ne s'en cache. C'est le tribut de « l'élite » qui possède les manettes. C'est ce qui se passe au Cameroun, et pourtant personne ne crie au racisme.
En France, on reconnaît ta compétence. Et malheureusement, si tu dois payer pour les immigrés ou descendants d'immigrés qui font sans cesse « de la merde », c'est malheureux certes, mais ce ne sont pas les Français qu'il faut blâmer.
Regardez votre équipe de France, elle n’est

composée pratiquement que de noirs ! En France, il y a des ingénieurs, des médecins noirs. Mais c'est la France qui est raciste ? Laisse-moi rire...
Je crois qu'ils sont nombreux à venir s'installer dans un « confort français » qui serait inespéré en Afrique. C'est sûr que la France t'offre bien plus qu'ailleurs. Au Cameroun, et ça vaut pour la plupart des pays d'Afrique ne nous le cachons pas : aides sociales ? Il n'y a pas ! APL ? Il n'y a pas ! CMU ? Il n'y a pas ! École gratuite ? Il n'y a pas !
Ici, tu as accès à un minimum que tu ne pourrais même pas espérer en Afrique, et tu arrives à te plaindre ? Eh bien bosses pour avoir ce que tu veux. D'où tu viens, rien ne t'était dû pourtant. Aujourd'hui, alors que tu es France, les choses devraient l'être ? Eh bien non ! Bouge-toi, et arrête de geindre...

Forte de cette vie pour le moins mouvementée qui nourrit ton engagement politique aujourd'hui, à quel moment as-tu ressenti l'envie de t'impliquer dans le combat des idées ?

Il est clair que je n'ai pas ma langue dans ma poche ! Ce que certains ont l'air de beaucoup me reprocher d'ailleurs...(*Rires*). Mis bout à bout, je crois effectivement que mon parcours est assez logique. Cette espèce d'hypocrisie générale qui règne en France aujourd'hui, concernant les questions qu'on a commencé à évoquer, m'a le plus effarée au moment de l'affaire George Floyd. C'est amusant d'ailleurs de voir à quel point tout est très américanisé, puisque cette affaire, qui n'est qu'un fait divers, on ne le rappellera jamais assez, est devenue une espèce de grande kermesse mondiale à la pleurniche. Je m'explique.

Au moment de la mort de George Floyd, en mai 2020, la vidéo de son arrestation se met à tourner sur tous les réseaux. La sauce était prise, c'était parti. Immédiatement, les médias ont parlé de racisme. Normal tu me diras : le blanc est le méchant, le noir est le gentil, c'est réglé. Je n'y ai pourtant pas vu d'acte raciste. Une bavure policière ? Là, oui. Mais George Floyd ne se fait pas agresser et plaquer au sol au détour d'une supérette par un méchant policier raciste. Il est ARRÊTÉ par un policier. Plusieurs mêmes, et tous n'étaient pas des blancs d'ailleurs. Encore une fois, rappeler le pedigree du bonhomme[3] ne relativise pas sa

[3] George Floyd a été condamné huit fois à des peines de prison entre 1997 et 2005 pour de nombreux délits. Puis en 2009 pour braquage qualifié, alors qu'il avait pointé une arme sur le ventre d'une femme enceinte. Il sera

mort, mais altère énormément cette image de martyr qui lui a été collée par les associations et les médias (surtout de gauche). Alors qu'on en est aujourd'hui à discuter de la canonisation de George Flyod, le policier Derek Chauvin, lui, a tout perdu. Certes il est coupable d'une bavure, et il a été condamné. Donc point final.
Avec cette affaire, c'était le grand retour de l'affaire Traoré. Assa Traoré, l'égérie révolutionnaire noire qui se prend pour Rosa Parks en posant avec des Louboutin[4] ou en allant faire la révolutionnaire en plastique à la fashion week[5]... bref, tu vois de qui je parle. Eh bien ces gens, emballés dans leurs pardessus de « *moraline* » et de leçons antiracistes, ont bien profité de cette affaire pour expliquer, encore une fois, que la France, que les blancs, étaient de vilains racistes !
Et c'est la goutte d'eau qui a carrément « *cassé* » le vase chez moi si je puis dire. En

---

condamné à cinq ans de prison avant d'être libéré sur parole en 2013.

George Floyd, From 'I Want to Touch the World' to 'I Can't Breathe' – The New York Times (wikiwix.com)

Background Check : Investigating George Floyd's Criminal Record | Snopes.com

[4] Assa Traoré partenaire de Louboutin : « Le juteux business de la lutte contre les discriminations » (lefigaro.fr)

[5] Après les Louboutin, Assa Traoré se rend à la Fashion Week au nom de son frère – Valeurs actuelles.

plus de George Floyd, on avait le retour du Jedi antiraciste Traoré et la Ligue de Défense Noire (LDNA) qui remettait un franc de plus dans la boîte à musique, histoire de faire pleurer dans les chaumières.
J'ai enregistré une vidéo d'une bonne demi-heure : sans filtre, sans montage, à chaud. C'était vraiment trop pour moi de voir tous ces parasites s'en prendre encore et toujours à la France, tout en enfermant tous les noirs dans ce combat.
Eh bien non, je suis noire aussi, et je n'ai rien à voir avec ces gens-là ! Ces histoires de la condition des noirs, des gens de couleur, etc. tout ce fatras n'était pas un problème pour moi. C'était un faux problème. Et comme je l'ai déjà évoqué, je ne viens pas d'un milieu familial où les lits étaient parés de draps en soie. Pas besoin de prétexter l'excuse de la pauvreté.
Pour en revenir à ma vidéo, elle a connu un certain succès je dois dire. Je ne m'y attendais pas du tout. Ce qui m'a poussée à m'intéresser aux gens qui ont fait de l'antiracisme un vrai business. Et il y en a : Rokhaya Diallo, Lilian Thuram, Assa Traoré, etc. Que du beau monde !
Très vite, alors que je m'étais investie dans la critique du discours, et du business comme je l'ai dit, de ces gens-là, c'était le début des attaques. J'étais d'ailleurs très étonnée de voir

à quel point le sujet était aussi palpable en France. Les principales critiques tenaient dans l'idée que je « n'étais pas légitime » principalement parce que je venais « du bled. ».
Les ahuris qui me sortaient ces remarques ne réalisaient même pas à quel point leur réponse était pauvre : ces gens-là, en France depuis une, deux, trois générations, n'ont jamais connu la vie du « bled » en question (ou l'ont vu trois fois dans leur vie pour aller se la raconter auprès des autochtones du bled, histoire de bien leur montrer qu'ils sont bien plus riches qu'eux), n'ont jamais eu à faire face à la rudesse de cette vie là-bas, n'ont pas connu les difficultés de la vie du « déraciné » qui n'a pas de papier ici. Ces mêmes donneurs de leçons osaient me dire que je ne savais pas ce que c'était que la difficulté de la vie ? Mais laisse-moi rire ! Ce sont des enfants gâtés n'ayant rien vécu, qui osent dire à des gens qui se remontent les manches qu'ils sont des privilégiés et/ou qu'ils ne sont pas légitimes pour parler ?
Tu vois à quel point c'est risible de s'entendre dire ça par des individus qui se croient intelligents, mais qui ne font que se ridiculiser en permanence...

Ce qui t'est reproché, c'est de ne pas avoir vécu la vie d'un Africain en France, ce qui, à la réflexion, est déjà un énoncé un peu curieux ?

Bien mieux ! Les gens qui s'en prennent à ce que je défens soutiennent l'idée qu'un Africain en France vit moins bien qu'un blanc. Tous les noirs « de France » qui vivent en France devraient donc avoir une vie bien plus difficile qu'une vie en Afrique ? Or, c'est faux !
Certes cela ne fait que quatre années que je vis ici. Mais qu'est-ce que j'ai fait durant ces 4 années ? J'ai tout fait pour y arriver, j'ai travaillé, je n'ai pas passé mon temps à me plaindre ! Qu'est-ce que vous avez traversé de si grave ? Comparé à un Africain, c'est toi qui as une cuillère en or par rapport à moi. Au Cameroun, l'école est payante du début à la fin ! Il n'y a pas d'aides pour les étudiants, d'accès à la culture ou je ne sais quoi encore.
Honnêtement, c'est un vrai mystère pour moi lorsque j'entends cette complainte...

Si l'on essaye de comprendre la logique de tes adversaires : dès qu'une personne est noire, elle appartient de fait à une sorte d'histoire commune que tous les noirs de France, du monde, voire de la galaxie, partagent ?

C'est le principal reproche que je pourrais leur faire. Dès que tu es noir, tu fais partie de la grande histoire commune des noirs. Point. Donc pour faire simple « je ne suis pas au courant de l'histoire. » On appréciera la concision d'un argument aussi percutant. Mais bon, la plupart ont une pensée qui ne dépasse pas le niveau d'un tweet. On ne va pas exiger plus que ce qu'ils sont en mesure de faire. (*Sourire*). Je suis fatiguée de ces pseudos raisonnements qui t'enferment sur toutes les questions. On me parle de colonisation, d'esclavage, etc. Je ne le nie pas. Mais les professionnels qui pleurent en permanence, Rokhaya Diallo, LDNA, ils ont ramassé combien de ballots de coton ? Combien de coups de fouet se sont-ils pris ? Ta vie est similaire à celle de tes ancêtres ? Mais bien sûr que non !
Le passé c'est le passé. Et si tu tiens tellement à parler du passé, et bien allons-y : ce ne sont pas les blancs qui ont inventé l'esclavage. En revanche ce sont les premiers qui l'ont aboli. Et

s'il y a encore massivement de l'esclavage aujourd'hui, ce n'est pas dans les pays occidentaux, camarade. Ça me fatigue d'entendre en permanence que sous prétexte que je suis noire, je dois être psychologiquement esclave de ce discours. Vraiment. « *Vous n'êtes rien, à cause de... !* » « *Vous ne pouvez rien faire à cause de... !* » À écouter les dé-coloniaux et antiracistes professionnels, rien n'est possible si tu es noir. Tandis que ceux qui tiennent ce discours sont conférenciers aux États-Unis, footballeurs, rappeurs...

Comment veux-tu avancer avec ce genre de poison ancré dans le cerveau ? Qu'on se rassure, Rokhaya Diallo[6] elle vit très bien. Assa Traoré qui vend des t-shirts de « révoltée » à cinq cents euros, elle vit très bien aussi[7].

Avec des discours qui consistent à dire : « *Les noirs ont aussi le droit à la richesse* ! » Mais personne ne t'empêche de réussir ta vie, tu en

---

[6] Rokhaya Diallo est notamment désignée par certains médias américains (*Politico* ou le *Washington Post)* comme l'une des personnes « les plus influentes d'Europe ». À propos de ces médias américains, la journaliste Laurence Haïm indique qu'elle serait « l*a Française la plus reconnue aujourd'hui aux États-Unis.* » Encore une victime du racisme systémique en France... Rokhaya Diallo, "une des personnes les plus influentes d'Europe" selon un média américain – Valeurs actuelles.

[7] Stella McCartney apporte son soutien à Assa Traoré dans une campagne engagée – Marie Claire.

es la preuve. De même pour moi. Si Rokhaya Diallo tenait un discours encourageant aux gens qui la suivent : « *Vous pouvez le faire aussi. Vous devez juste vous bouger pour y arriver !* » À ce compte-là, très bien !
Mais ce n'est pas du tout ce registre. Tandis que leur vie ne reflète absolument pas ce qu'ils disent, ils ne cessent de s'enfoncer dans le « *Vous êtes noirs ? Vous êtes des victimes ! Vous êtes gays ? Vous êtes des victimes ! Vous êtes musulmans ? Vous êtes des victimes !* »
Quand un footballeur, adulé par les Français après la coupe du monde 98 comme Lilian Thuram, vient donner des leçons à ces mêmes Français en leur expliquant qu'ils sont racistes, je rigole...

Tous ces mouvements qui s'insurgent contre le racisme, apparemment unilatéral, pourraient-ils avoir lieu en Afrique ? Un continent qui devrait précisément être un fer de lance du combat contre le supposé racisme subi par les différentes diasporas africaines en Occident ?

Tu pointes ici la grande limite de cette idée, qui consiste à associer une couleur de peau à

toute une histoire ! Bien sûr que non, cela ne pourrait pas prendre là-bas.
Un exemple assez cocasse qui montre bien la duplicité de ces gens-là : lorsque le « black panther » d'opérette qu'est Egountchi Behanzin (de son vrai nom Sylvain Afoua), fondateur de la LDNA, est allé faire son numéro Kleenex au Mali, il a tenté de brûler un drapeau français devant l'ambassade de France à Bamako. Mais il en a été empêché in extremis. Et qu'est-ce que le bougre a répondu ? « *Écoutez Monsieur, moi je suis Français, j'ai le droit d'être là !* [8]»
Ah il crache allégrement sur la France, mais finalement le passeport bordeaux, il est bien pratique quand on en a besoin. Il aurait dit « *Je suis Malien !* », c'était la prison directement. Mais grâce au passeport, il a pu être renvoyé vers le pays dont il allait brûler le drapeau la veille. Ben tu m'étonnes ? La prison au Mali, ce n'est pas la même chose que ton pauvre sort d'Africain en France... (*rires*).
Et ô surprise ! L'escroquerie intellectuelle de *Black Lives Matters* est très similaire à ce que je disais précédemment. En 2017, alors qu'un journaliste découvre que des noirs sont tenus

---

[8]Le leader de la LDNA arrêté à Bamako après avoir tenté de brûler un drapeau français (VIDÉO)
https://francais.rt.com/international/78917-leader-ldna-arrete-bamako-apres-avoir-tente-bruler-drapeau-francais.

en cage en Libye, au Maroc, en Algérie, on aurait pu légitimement s'attendre à une réaction de tout ce mouvement.
Eh bien pour lutter contre le racisme, on organise une marche... place de la République. À Tripoli ? À Alger ? À Rabat ? Non non !... En France. À Paris. Pourquoi pas dans les pays concernés ? La France n'a rien à voir là-dedans... Qu'ils aillent libérer leurs frères là-bas ! Là ce serait légitime. Mais j'attends de voir les courageux qui iront sur le terrain, plutôt que de vouloir en permanence culpabiliser les anciennes puissances coloniales.

Après ton succès sur internet, ta voix a commencé à se faire entendre. Malgré les critiques qu'on peut imaginer, as-tu reçu des soutiens ?

Les gens qui m'ont soutenue, notamment des noirs, il y en a eu beaucoup. Mais ils venaient surtout d'Afrique : Cameroun, Gabon, par exemple.
Honnêtement, des noirs en France qui se sont intéressés à ce que je disais et qui m'ont défendue, il y en a eu très peu. Et il va de soi que toute « la clique » bien-pensante que j'évoquais juste avant, s'est empressée de

m’attaquer, et de façon très malhonnête.
Mais une fois encore, les gens qui m'ont massivement soutenue, ce sont les blancs français. Ce qui fera plaisir à mes détracteurs évidemment ! Les connaissant par cœur, je sais qu'ils se frottent les mains à l'idée que des gens qui ne sont pas de ma couleur viennent appuyer ce que je dis. Ce sont eux les antiracistes n'est-ce pas ? (*Rires*).
Bref, passons. Ce que j'ai surtout retenu, c'est que les noirs qui sont d’accord avec mes idées m'ont bien rappelé « *la fraîcheur de mon discours.* » Vu que je sortais des sentiers battus, en tout cas, l'autre perspective que je mettais en exergue sur ces questions ne pouvait que surprendre les gens. Soyons pragmatiques : aller à l'encontre du discours de victimisation permanente lorsqu'on est noir étonne toujours les gens. Après des années de pleurnicherie, il s’est ancré dans la tête des Français qu'ils sont des bourreaux. Pas étonnant que mon discours vienne froisser mes adversaires, puisque quelqu'un ayant la même couleur qu'eux s'en prend à leur chasse gardée. Alors ils paniquent comme des cabris. Il n'en faut pas beaucoup pour provoquer des bugs mentaux chez ces gens-là, leur logiciel étant tellement fragile.

Autrement dit, pour parler de ces sujets, il faut la carte de la couleur ? Un blond aux yeux bleus ne pourrait pas le faire d'après toi ?

C'est une évidence ! Je sais que c'est considérablement réducteur, voire malheureux de se dire qu'il faut en arriver là pour émettre une contradiction. C'est la magie de toute cette cancel culture. Si tu es blanc, la question est réglée : pile, ils gagnent, face, tu perds. Je suis noire, et je me fais traiter de singe par ces gens-là. Un blanc tenant le même discours que le mien ? Tu imagines ! Il serait immédiatement décrédibilisé du fait qu'il est blanc. Dans ce cas, on peut légitimement poser la question : qu'est-ce qui compte ? Le message ou le messager ? Quand des noirs traitent des blancs de porcs, et qu'en réponse ils se font traiter de singes, ils pleurent. « *Oui, mais ce n'est pas pareil parce que notre couleur de peau nous donne un passe-droit !* » Abracadabra ! Le racisme c'est uniquement quand tu es noir. Voilà comment on met le racisme anti-blanc, qui existe au même titre que d'autres, sous le boisseau et qu'on nous explique que ça n'existe pas.
Comme je le disais, c'est drôle d'avoir des leçons d'antiracisme de la part de ces gens-là...

Pourtant un personnage comme Zemmour (qui n'a pas les yeux bleus, nous sommes d'accord) tient aujourd'hui un discours similaire. Beaucoup semblent pourtant réceptifs ?

Parce que Zemmour, d'accord ou pas avec ce qu'il dit ou avec la façon dont il le dit, vient libérer la parole sur ces sujets. Avec un personnage comme Zemmour, les discours qui culpabilisent sans cesse les Français : « *Tais toi ! T'es pas noir ! La colonisation tu connais pas, t'as pas ton mot à dire, bla bla bla...* », ça ne fonctionne plus. Et puisque les dé-coloniaux réclament la libération de la parole sur ces sujets, qu'ils ne viennent pas se plaindre qu'elle se libère. Des phénomènes comme Zemmour, ça me semble bien plus sain pour relancer le débat, plutôt que de s'enfermer encore et toujours dans des discussions convenues sur les sujets qu'on évoquait. En s'en prenant, frontalement, aux discours des indigénistes, Zemmour fait comprendre aux gens qu'ils n'ont pas à baisser la tête, chez eux ! Il y a de la discrimination positive en Algérie ou au Cameroun ? Je serais curieuse de savoir si Walid ou Kemi le prendrait bien si des Français ou des personnes d'origine française bénéficiaient de dispositions législatives et sociales (en gros la discrimination positive) à son

détriment ?[9]
J'ai ma réponse ! Tandis qu'en France, Paul, qui a du mal à trouver du boulot, un logement, à joindre les deux bouts, passe pour un bourreau, dans un pays où les étrangers sont mieux traités que lui, autochtone. C'est pour

---

[9] Sur ce sujet, nous renvoyons le lecteur à la proposition de résolution adoptée par le Parlement Européen le 26 mars 2019 concernant les « **Droits fondamentaux des personnes d'ascendance africaine en Europe** », instaurant un cadre législatif qui va à l'encontre des intérêts des peuples autochtones européens dont nous vous proposons quelques extraits :
Le Parlement européen, considérant que les termes « afrophobie » et « racisme anti-Noirs » font référence à une forme particulière de racisme, qui comprend tout acte de violence ou de discrimination qui s'inscrit dans la continuité de violences historiques ou qui fait intervenir des stéréotypes péjoratifs et qui mène à l'exclusion et à la déshumanisation des personnes d'ascendance africaine; que cette forme de racisme est le fruit des structures historiquement répressives du colonialisme et de la traite transatlantique des esclaves, comme l'a reconnu le commissaire aux droits de l'homme du Conseil de l'Europe; estime que la participation active et authentique des personnes d'ascendance africaine sur les plans social, économique, politique et culturel est essentielle à la lutte contre l'afrophobie et à l'intégration de ces personnes en Europe ; invite les institutions de l'Union et le reste des États membres à suivre leur exemple en offrant, par exemple, des réparations sous la forme d'excuses publiques ou d'une restitution d'objets volés à leur pays d'origine.

cette raison que je suis contre la discrimination positive. Y en a marre de ces discours. Ces pseudos victimes n'ont rien subi. Et il faudrait en plus tout leur servir sur un plateau d'argent. Avant de parler d'égalité, il faut parler équité. Et pour conclure sur Zemmour, je crois, en effet, qu'il était temps d'entendre un autre discours sur ces sujets. Sujets sur lesquels toute l'intelligentsia française s'entend et se gargarise d'analyses miteuses depuis des dizaines d'années. Autrement dit, tout le monde était d'accord. Jetons des pavés dans la mare, que ça fasse plaisir ou pas !

On parlait juste avant des soutiens. Il y a un soutien qui a compté pour toi, c'est celui de la police. Tu peux nous en parler ?

Mettons les choses au point d'emblée. Une fois encore, le fait d'avoir le soutien de la police c'est une sorte de carte magique pour mes détracteurs. Car bien sûr, soutenir la police c'est être un « *traître à sa race, il y a longtemps que je t'aime, bla bla bla...* ». Je note, encore une fois, la contradiction permanente à réclamer de la reconnaissance et du respect en fin de semaine, tandis que ces mêmes décoloniaux et tous ces racistes s'en prennent en permanence à ceux qui représentent l'ordre du pays dans lequel ils veulent s'imposer comme victime en début de semaine. À croire que pour eux, la vie est un clip de rap où ça cause respect sans avoir rien à faire pour le gagner... Pour eux, c'est juste un dû. Comme un enfant qui réclame un mars, alors que ça fait deux semaines qu'il sèche l'école.

Concernant la police, une fois encore je ne vais pas y aller par quatre chemins. Je ne nie absolument pas les bavures policières. J'en parlais à propos de George Floyd, et il s'agit bien là d'une bavure pour moi. Mais je le répète (Encore une fois ! Après promis, j'arrête) (*Sourire*), ces individus qui sont « *violentés, martyrisés, menacés par la police* » : George Floyd dont je parlais, Adama Traoré[10], Bagui Traoré[11], son frère aîné, ou encore Sylvain Afoua[12], le patron de la défunte LDNA, sont des « criminels professionnels » qui se font passer pour des anges. Alors désolée, mais j'ai plus tendance à donner du crédit à ceux qui doivent

---

[10] Pour rappel, le parcours judiciaire d'Adama Traoré : L'impressionnant casier judiciaire de la famille Traoré (info24.fr).

[11] Le parcours de Bagui Traoré/ [Exclusif] Bagui Traoré, itinéraire d'un parfait délinquant – Valeurs actuelles.

[12] Le parcours de Sylvain Afoua : Qui est Sylvain Afoua, le sulfureux président de la Ligue de défense noire africaine ? (lefigaro.fr).

me protéger. Si je me balade le soir dans la rue dans Paris, dans Marseille ou Lille, ce n'est pas la police qui va m'agresser, c'est plutôt ceux que je viens d'énoncer.
Parmi les témoignages de soutien que j'ai pu recevoir, j'en propose quelques-uns que je trouve particulièrement révélateurs, donnant un aperçu très concret de la situation :

Témoignage 1 :

« Bonjour Stella,

Nous avons reçu le très long témoignage d'un collègue à priori d'île de France, mais il n'a pas précisé.
Nous nous sommes permis de ne retenir que ce qui peut faire avancer le débat en supprimant son introduction et de vous traduire quelques termes qui nous sont familiers, mais sans doute moins à vous, un petit lexique policier en somme :
ITT (Interruption Temporaire de Travail, au-delà de 8 jours il y a délit).
COPJ (Convocation par un Officier de Police Judiciaire, est une mesure de convocation directe à une audience devant le tribunal).
TGI (Tribunal de Grande Instance qui s'appelle désormais TJ pour Tribunal Judiciaire).

» AAPP (Animateur en Activités Physiques et Professionnelles devenu désormais FTSI Formateur aux Techniques et à la Sécurité en Intervention, ce sont les spécialistes qui nous enseignent à l'école et durant toute notre carrière, les techniques pour contrôler, interpeller, connaître et tirer avec toutes les armes en dotation dans la Police, ce sont eux qui encadrent également les séances de sport).
» Protection Fonctionnelle : prise en charge par l'Administration des frais de justice (avocat notamment).
» IGPN (vous connaissez, l'Inspection Générale de la Police Nationale, la police des polices) .
L'affaire ZECLER, que montre la vidéo en entier de l'intervention de nos collègues :

« Un homme corpulent, plus d'1m90, certainement + de 100kg, plus imposant que les fonctionnaires présents, qui refuse un contrôle de police sur la voie publique face à un fonctionnaire de police, devant son studio d'enregistrement, alors qu'il ne porte pas de masque et que sa sacoche sent l'herbe de cannabis. Il s'engouffre rapidement dans le local où l'on a ensuite la vidéo que l'on connaît. Si l'on décortique cette vidéo, encore une non-affaire, et l'on bâcle l'opinion par les médias

bien-pensants en faisant dire ce que l'on veut aux images. Il y a résistance de l'individu, donc rébellion de celui-ci, étrangement il bloque la porte de sortie, et cherche à ouvrir la porte donnant accès au sous-sol, d'où il appelle les rappeurs. Il cherche à résister jusqu'à ses renforts et piège les policiers. Que les policiers soient punis pour les violences faites à l'extérieur du local est difficilement excusable au vu des images. Certes, mais pas plus. En aucun cas cela ne mérite un lynchage médiatique, politique et judiciaire de ces trois collègues.

Je précise que l'administration leur a refusé la protection fonctionnelle. Il faut changer la loi et OBLIGER l'administration à fournir une protection fonctionnelle pour les collègues en service.

En comparaison, ni Macron, ni Darmanin n'ont appelé les policiers blessés de la place de la République. J'ai même un doute sur le fait qu'ils aient appelé les collègues massacrés à HERBLAY.

En outre, j'ai eu quatre jours d'ITT pour moi et trois pour mon collègue, soit sept J ITT cumulés à nous deux il y a quelques semaines suite à une rébellion et violences d'un homme qui avait un téléphone volé sur lui. Nous n'avons pas eu d'appel du gouvernement ou du président. Le pire c'est que le mis en cause a

eu une COPJ de vingt minutes pour le mois de février au TGI. C'est notre quotidien, ça arrive dans toute la France des centaines de fois.
Nous regrettons d'avoir défendu les institutions françaises le 1 et 8 décembre 2018 et le 16 mars 2019 contre les manifestants gilets jaunes. Nous ne défendrons plus cet État, ce gouvernement et cette justice doit payer ses erreurs, son irresponsabilité, sa mise en danger des fonctionnaires de police !!!
Une vraie réforme de la justice ? Élire les juges du siège, par le peuple. Aïe, ça va pas plaire aux magistrats, mais qu'est-ce que ça serait efficace. Surtout, un organe de contrôle très strict (comme l'IGPN) de toute affaire judiciaire. La sentence est-elle bien appliquée ? (Fin des aménagements de peine en dessous de deux ans, fin des sorties, de la libération anticipée, et mise en place des peines plancher, et respect de celles-ci. Le détenu va-t-il jusqu'au bout de sa peine ? Le détenu travaille-t-il pendant sa détention ? S'il n'a pas de nouveau diplôme ou de nouvelle formation professionnelle, il ne sort pas de prison afin d'avoir plus de chances de réinsertion ultérieure.
Les moyens matériels, rien ne change réellement, en 2016 on n'avait rien, en 2021 on n'a toujours rien. J'attends un bon d'équipement moto depuis mon habilitation il y a trois ans.

La formation continue, les séances d'AAPP, elles ont disparu, elles n'ont jamais réapparu, pourquoi ? Tout le monde ne peut pas prendre de son temps libre et de son argent pour s'entraîner en dehors du travail. Carence de l'administration.
Quand on a une blessure en service, on attend toujours que les différents intervenants médicaux prennent le bon de prise en charge. Qu'attend l'État pour faire une loi et se bouger les fesses pour que tout soit pris en charge rapidement et que les collègues n'avancent pas les frais ?
La problématique PRINCIPALE : L'irrespect envers les forces de l'ordre. S'il y avait eu plus de respect, en obtempérant aux forces de l'ordre, pas d'affaire THEO, pas d'affaire ADAMA TRAORE, pas d'affaire ZECLER, etc. Qu'ont en commun ces individus ? Ils ont TOUS fui ou refusé un contrôle de police. D'où une nouvelle loi à mettre en place par le parlement : si la rébellion d'un individu est caractérisée, en l'absence de fautes de la police, elle dédouane de toute responsabilité les actes des fonctionnaires de police intervenants.
Pour cela, des caméras piétons high-tech pour tous. Mais de vraies caméras-piétons. Grand angle, UHD, autonomie 24h.
Ce n'est pas concis, mais c'est urgent tout ça.

On en peut plus. On a la haine envers l'État, les médias, et la justice. »

Témoignage 2 :

« Bonjour Stella,

Je suis moi-même policier depuis plus de quinze ans maintenant, dont plus de sept ans sur Paris et sa banlieue.
Pendant tout ce temps et encore aujourd'hui j'ai travaillé sur certains des pires terrains de criminalité de France dans des services de type BAC, CSI, ou encore BST…
Je suis outré aujourd'hui que PERSONNE ou presque ne prenne la défense de ces policiers.
Pour être honnête, lorsque j'ai vu les images montrées en boucle par les principaux médias, ma première réaction a été de penser que ces collègues avaient clairement exagéré, sans pour autant cautionner l'acharnement de tous contre eux.
Puis quelques jours plus tard, j'ai eu l'occasion de regarder la vidéo dans son intégralité. Et là mon principal sentiment a été la honte.
J'ai eu honte de moi, honte d'avoir, malgré mon expérience vis-à-vis des médias et autres politiques, tiré des conclusions hâtives et avoir pu me laisser berner par cette émotion

collective.
Puis me vient la tristesse. Mon empathie pour ces policiers traînés dans la boue et jetés en prison me plonge dans une tristesse et une frayeur incroyable.
Qu'ont-ils fait de si répréhensible ? Ils ont eu le courage d'aller au contact d'un individu visiblement massif et très fort.
Ils ont commencé par vouloir le contrôler, en toute courtoisie comme le montre la vidéo, tout en cherchant, et c'est bien normal, à garder le contrôle de la situation.
Et c'est parce que l'individu se rebelle (la rébellion est une opposition violente à l'action de la police) que la situation s'aggrave. Et face à un individu si fort, que reste-t-il à ces policiers à part l'usage de la force, et donc, de la violence physique ?
La vidéo laisse-t-elle penser un seul instant que la situation est facile et agréable pour ces policiers ?
Sachez que tous les policiers de terrains qui ont le courage de contrôler ce genre d'individus (car du courage il en faut. Il n'est pas livré ni avec la formation reçue, ni avec notre arme de service, ni avec la paie de fin de mois) sont confrontés à une telle violence. Nous sommes contraints d'être violents. Nos actes ne sont que la conséquence du comportement des contrevenants. Les malfrats ne nous respec-

tent plus et quand ils ne nous respectent plus l'affrontement est souvent inévitable. Il est grand temps que les gens se réveillent. Les policiers ont plus peur de la prison que les voyous aujourd'hui.
Et malgré tout, ils se lèvent chaque matin avec le sens du devoir, contre vents et marées, alors que dans la majorité des cas le système judiciaire jette leur travail aux ordures en laissant ces criminels en liberté.
Et ce sont aussi ces mêmes policiers qui sont confrontés à la population qui, en voyant leurs agresseurs en liberté, leur explique qu'ils ne font pas leur travail.

Le travail est fait, sachez-le.
Comment peut-on encore se demander pourquoi nos collègues se suicident autant…
Même si l'encadrement est parfois à revoir, c'est l'estime de nous-mêmes qui parfois nous fait défaut. Et c'est justement parce que notre profession a perdu son sens premier à savoir mettre les criminels hors d'état de nuire. C'est comme ça qu'on protège la population et pas autrement.
Sachez que la sécurité de nos citoyens passe d'abord par le fait que face à cette violence quotidienne, ce sont les policiers qui doivent gagner, parce qu'ils vont au front pour le bien de tous et jamais pour leur petit plaisir

personnel.
Revenons à ces collègues du 17e. Que pouvaient-ils bien faire ? Fuir ? Laisser gagner cet individu ? Parce que, que ce soit clair, c'est un rapport de force. Que la force soit psychologique ou physique, c'est toujours un rapport de force. Ont-ils été irréprochables ? Parfait ? Dans notre monde, cela n'existe pas. Ils ont fait tout ce qu'ils ont pu, en tout cas c'est sûr. Pas pour leur bon plaisir, pas pour assurer leur paie à la fin du mois, pas pour jouir d'un pouvoir d'autorité ou pour « lyncher un noir », mais pour interpeller un voyou, un délinquant. Parce que, oui, se rebeller est un délit puni d'une peine d'emprisonnement, sans parler de la détention de produits stupéfiants.
Demain je retournerai travailler en faisant fi de toute cette peine, de toute cette colère, de toute cette tristesse et de votre opinion si néfaste à mon endroit.
Ne vous y trompez pas. Nous sommes du bon côté, celui du bien commun et de la sécurité de tous les innocents. »

Témoignage 3 :

« Bonjour,

Je suis flic depuis 2006 et prête à témoigner si tu as besoin de quoi que ce soit...
C'est mon mari, flic également qui a discuté avec toi et qui m'a parlé de ton appel à témoignages.
Je te suis sur Facebook depuis quelque temps déjà... Merci pour ton soutien, si rare depuis longtemps.
Il m'a dit de lister les principaux problèmes que nous rencontrons alors voici :
Je vais déjà me présenter,
Je suis flic depuis 2006, j'ai eu mon concours à 17 ans. Une vocation issue de mon amour du pays, la chair de poule en écoutant la Marseillaise, l'amour des artisans français du savoir-faire, de nos régions et produits issus de nos anciens (...) Des valeurs de la France inculquées par mes parents ouvriers, agriculteurs.
J'avais envie d'aider, de servir mon pays et de porter l'uniforme... Chose faite. Après 1 an d'école me voilà parachutée à Paname, un sifflet dans la bouche.
Dur de se rendre compte que la police c'est ça aussi... Dur de quitter sa famille, sa région, ses amis pour (à l'époque) mille sept cents euros !
Mais l'année d'école à tissé des liens forts, on

se soutient, on s'aide entre collègues... On affronte ensemble les premières désillusions.
Ma première mission : l'intronisation de Nicolas Sarkozy ;
On y a cru du plus profond de nos cœurs de flics.
Résultats : fermetures des écoles en nombres, passage de promotions à mille-sept-cents flics tous les trois mois à deux sessions par an de... trop peu pour nous permettre de rentrer chez nous après les cinq ans obligatoires.
Onze ans pour rentrer en Bourgogne (c'est pas les îles ou Bordeaux où les collègues n'iront probablement pas ou après vingt ans de boîte).
Et durant ces onze années : trois tirs par an pour permettre à nos chefs de service d'avoir une prime...
Aucune formation GTPI depuis 2007 pour ma part. (Gestes techniques police intervention) pas de sport obligatoire, pas de formations obligatoires non plus, de secourisme ou autre...
Bref le 1er point noir, c'est la formation continue : on te pointe du doigt en te désignant professionnel, mais l'état ne te permet pas de l'être, rien n'est mis à notre disposition pour le faire. Imagine un médecin qui n'exerce pas quotidiennement, ou un pompier ? Déjà voilà la police française est bas de gamme.
Si nous faisons, c'est par nos propres moyens.
Malgré ça, nous continuons, par devoir !

Et là les syndicats qui se font la guerre entre eux et te font miroiter des passages de grades qui ne vont pas au mérite, mais aux plus "suceurs"...
La violence augmente au fil des années, nous sommes au 1er rang pour contempler le spectacle. Nous sommes les seuls à intervenir, à essayer de faire respecter des lois qui sont censées nous faire bien "vivre ensemble". Poudre aux yeux ! Les policiers appliquent les lois sur le terrain, se tapent les procédures judiciaires (mon taf) d'une lourdeur inimaginable. Généralement bien suivies par les procureurs de la République, mais pas du tout par les magistrats du siège.
Et c'est de même dans nos rangs.
Merci à toi de clamer la vérité à notre place ! »

Témoignage 4 :

Bonjour Stella,

« J'espère que tu vas bien, j'ai vu ton appel sur les réseaux sociaux par rapport au témoignage des flics et je voudrais te dire que c'est faux, les flics ne sont pas racistes. Nous sommes le parfait exemple de la société française qui marche. Je suis moi-

même policier d'origine maghrébine, j'habite dans le 93 À Saint-Ouen et oui malheureusement la plupart des gens que je contrôle sont d'origine immigrée, pas parce que j'effectue un contrôle au faciès, mais parce que plus de la moitié des gens vivant dans le 93 notamment dans ma zone sont les personnes issues de l'immigration. Chaque jour, je rencontre des personnes noires, arabes, dans les transports, les commerces, donc oui si je dois contrôler ou procéder à une identification forcément ce sera quelqu'un d'origine immigrée. On accuse la police de violences, mais ce n'est pas vrai. Si lors d'une arrestation, le concerné ne s'enfuit pas, il n'y a pas de raison qu'il y ait violence. Si lors d'une arrestation le concerné coopère avec la police que nous sommes, généralement ça ne va pas plus loin. Toutes les fois où l'arrestation est devenue musclée, c'est uniquement parce que le suspect à notre arrivée a décampé. Nous sommes la police et l'usage légitime de la force est notre devoir pour neutraliser un suspect. Dans ces quartiers face à la réalité, c'est eux ou nous. Quand ils nous balancent à la figure des pavés ou des boules de pétanque, le

message est clair, ils veulent en finir avec nous.
Ce que les gens ne savent pas c'est qu'il y a un très grand trafic de drogue à Saint-Ouen ; il y a des jeunes qui ont abandonné la route de l'école pour devenir des dealers de drogue parce qu'en une journée ils se font facilement mille euros, deux mille euros, rien qu'en dealant de la drogue. À ce stade, comment expliquer à ces jeunes l'importance de l'école ? Comment leur expliquer qu'ils peuvent gagner leur vie honnêtement ? Évidemment qu'ils s'en foutent ! Même si on les remet à l'école, ils ne voudront pas y aller parce qu'ils ont déjà goûté à l'agent facile.
Et comme je suis maghrébin, parfois quand ils me voient ils m'appellent cousin, certains me parlent directement en arabe. Ils s'en foutent de mon uniforme, ils ne me respectent absolument pas. Lorsque je procède à une interpellation, ils me traitent de vendu ou de traître. En quoi je serais un traître si je fais mon travail. J'ai déjà subi le racisme en France, j'ai déjà subi des actes racistes en France, autant de la part des blancs que de la part des maghrébins ou

des noirs, mais ce qui m'a le plus choqué c'est ceux qui n'ont jamais respecté mon uniforme : les petites racailles arabes dealer de drogue dans les quartiers. Eux dès qu'ils voient ma tête, ils m'appellent cousin, « refreu » et j'en passe. J'ai eu des collègues camerounais, de la Réunion, on est tous français. Il n'y avait pas de différence entre nous, on s'est toujours très bien entendus, ce qui comptait c'était l'esprit d'équipe. On se soutenait, on se supportait et on se défendait non seulement contre les petites racailles qui pouvaient s'amuser à nous suivre jusqu'à chez nous, mais également contre l'administration qui nous harcelait pour faire du chiffre c'est-à-dire qu'il fallait faire des arrestations et délivrer des amendes. C'est ce qu'ils appellent contrôle au faciès, en réalité ce n'est pas un contrôle au faciès ; lorsque ces jeunes traînent à longueur de journée au même endroit, c'est une attitude suspecte. Ils vont donc se faire contrôler cinq à dix fois par la police. Ce qu'ils oublient de dire quand même, c'est que si cinq à dix fois on passe dans un endroit et qu'on te trouve planté là en train de ne rien faire, en agissant comme si tu avais quelque chose à cacher, et bien tu deviens suspect et là oui ça interpelle, on se demande ce que tu complotes là ? Or nous n'avons pas de service de vingt-quatre heures, nous travaillons huit heures et parfois plus, mais ce n'est jamais consécutif. Donc si moi je procède à une identification et que mon collègue qui prend la relève note la même attitude suspecte, lui aussi va procéder à une identification. »

Ces témoignages viennent de l'Union des Policiers Nationaux Indépendants (U.P.N.I). Je trouvais pertinent de les intégrer à mon propos, pour montrer au lecteur à quel point les fonctionnaires de police sont de plus en plus démunis, lâchés par leur hiérarchie. Et j'en aurais beaucoup d'autres. Mais on ne va pas faire une encyclopédie de témoignages.
Pour conclure sur ce sujet, j'ai vu des bavures policières, oui. Des gens se faire aligner comme des lapins de garenne alors qu'ils manifestaient leur désaccord avec le résultat des élections camerounaises de 2018. Je sais ce que c'est qu'une police corrompue, qui fonctionne au bakchich et ce n'est en rien comparable aux « violences policières » que subissent les délinquants dont je parlais. Mes pauvres amis, mais la violence de la police de

n'importe quel pays africain vous aurait coupé le sifflet en moins de cinq minutes. Les Traoré et consorts seraient embastillés, voire morts au Cameroun.

Au même titre que le racisme, la défense ou la condamnation de la police dépend donc de la couleur de peau ?

Pour ces gens-là ? Bien sûr ! Le monde est très binaire pour eux. Défendre la police, c'est franchir un pas impardonnable. « *Vendue* » par-ci, « *bounty* » par-là et j'en passe. Les mêmes qui te reprochent un manque d'objectivité d'ailleurs... (*Rires*).
Je suis pour une société d'ordre effectivement, car rien n'est possible s'il n'y a pas d'ordre. Et en y réfléchissant, je ne souhaite pas vivre dans un monde qui permet à des parasites de tenir la dragée haute à des gens qui aiment légitimement leur pays, ou moi, qui aime tout autant la France qui m'a accueillie. Ces mêmes qui osent, par-dessus le marché, donner des leçons de morale à ceux qui font l'effort, comme moi, comme tant d'autres, de remonter leurs manches, de découvrir, d'embrasser et d'aimer le pays qui accueille (qu'ils y restent ou pas d'ailleurs) en les traitant de « *vendus.* » La vraie hypocrisie, elle est là. Le drame, c'est

qu'en France, combien de Français soutiennent ces gens-là ? Combien, toujours au nom de leur moraline dégoulinante, persistent dans le registre de la leçon de morale ? Comme s'ils avaient renoncé à envisager l'avenir. Quel avenir est-il possible de construire avec des parasites pareils ? Question qui me laisse perplexe. Mais comme le dit la fameuse expression « *je crois que la question est vite répondue !* »

À propos de l'avenir justement, une grande question, totalement interdite il y a encore quelques années, fait désormais parler d'elle dans les colonnes de journaux ou les plateaux télévisés : le Grand Remplacement. D'autres parleraient de « *créolisation* », mais le résultat est le même. D'après toi, cette idée est un fantasme, une idée fixe pour quelques-uns, ou une question légitime qui mérite qu'on s'y intéresse sérieusement plutôt que de la réfuter d'un revers de manche ?

Je ne balayerai certainement pas cette question d'un revers de la main. Je suis un peu mitigée là-dessus. En y regardant bien, il est clair que l'Europe est en déclin démographique[13], ce qui n'est pas le cas de beaucoup de pays africains de l'Afrique subsaharienne[14]. En France, les gens issus de l'immigration font plus d'enfants que les Européens de souche. Il y a une responsabilité évidente des politiciens français dans toute cette affaire. C'est là où les gens qui parlent de grand remplacement devraient tomber d'accord avec moi sur le fait que les premiers responsables de cette situation sont bien les politiciens. Ajoutez à cette irresponsabilité politique une batterie de lois prônant la repentance, saupoudrée par les discours d'un Jean-Luc Mélenchon ou d'une

---

[13] « Au 1er janvier 2019, l'Union européenne (UE) compte 513,4 millions d'habitants. Au cours de l'année 2018, la population européenne a progressé d'environ 1,1 million d'habitants, soit + 2,3 %. Cette croissance est un peu plus élevée qu'en 2017 (+ 2,1 %). Le solde naturel est négatif, comme en 2017, l'UE ayant enregistré plus de décès (5,3 millions) que de naissances (5,0 millions). L'augmentation de la population n'est donc due qu'à son solde migratoire. »
« La population européenne continue de vieillir : au 1er janvier 2018, la part des 65 ans ou plus représente 19,7 % de la population contre 17,1 % dix ans plus tôt. C'est en Italie que cette part est la plus élevée (22,6 %) et en Irlande qu'elle est la plus faible (13,8 %). La France, avec 19,7 %, se situe juste dans la moyenne européenne. »
Démographie en Europe – France, portrait social | Insee

[14]En 2100, 40 % de l'humanité sera africaine (lemonde.fr)

Rokhaya Diallo, ça n'ira que mal en pis.
Effectivement, c'est déconcertant d'aller à Sarcelles et de voir qu'une femme sur dix est en burqa. D'ailleurs, c'est au nom de la laïcité que le député-maire de la ville, François Pupponi (PS) indique qu'il est « *interdit d'interdire la burqa.*[15] ».
On peut parler aussi des grandes villes dans lesquelles je me suis rendue : Paris, Bordeaux, Nantes, Marseille, Lyon, etc. Je me rends bien compte que ce n'est pas, ou plus, la France. Il faudrait sortir des études complètes sur le sujet, mais ce n'est pas le propos ici.
Et si tu me demandes comment lutter contre ça, je te répondrai simplement : c'est aux Français de faire des bébés ! (*Sourire*).
Ceux qui caillassent les pompiers, les flics ou le Samu, ils en font. Et ils sont Français. Vous allez les déchoir de leur nationalité ? Pourquoi pas ? Mais ça n'en prend pas du tout le chemin. Moi, je suis arrivée, et je peux repartir. Mais vous ? Vous allez faire quoi ?
Est-ce que la cause est perdue ? Non ! Heureusement. Mais s'il n'y a pas un sursaut sur cette question, je crois en effet que c'est très mal embarqué. Il aura fallu plus de 40 ans pour que les Français s'en rendent compte. D'un

---

15 « La laïcité nous interdit d'interdire la burqa » – Le Parisien

point de vue extérieur, le mien en l'occurrence, je m'attends à rencontrer des Nantais à Nantes, des Bordelais à Bordeaux. Le bidonnage des sociologues subventionnés qui expliquent que c'est du fantasme me fait dire que ces gens-là ne sortent pas beaucoup de certains arrondissements de Paris. Ce n'est plus le regard qui fait le social, c'est le social qui saute aux yeux : moins de bistrots pour plus de kebabs. Il y a juste besoin d'ouvrir les yeux, ce n'est pas si compliqué.

La solution c'est uniquement ça d'après toi, faire des enfants ?

Cela passe par le politique bien sûr. Parce que vous n'aurez pas le choix de changer, si vous voulez changer cet état de fait bien sûr, les politiques qui vous ont mis dans cette situation. Eh oui, évidemment, mille fois « bien sûr », la natalité.
Tu parlais de « créolisation » juste avant. Je trouve le concept bien plus risible que le « grand remplacement. » À titre individuel, des gens, de mondes différents, de couleurs différentes que sais-je, qui se rencontrent et qui s'aiment... et bien qu'ils s'aiment. C'est une histoire individuelle ça. Ce n'est pas de la politique. En revanche, le délire quasi sectaire d'un

Mélenchon et d'autres qui parlent de créolisation me semble bien plus relever d'une sommation délirante au métissage. « *Vous n'aurez pas le choix !* » Avec des éclairs sortant des yeux, tu vois le tableau. (*Rires*). Mais pour ces mêmes personnes, le « grand remplacement » c'est de la foutaise. Encore une fois, la dissonance cognitive n'a pas l'air de les fatiguer. C'est drôle de voir des gens rattrapés par la réalité qui, nerveusement, nous pondent ça comme s'il s'agissait de la marche forcée de l'histoire, et que l'humanité était condamnée à devenir bigarrée, multicolore, et surtout très grise, sans aucune forme de distinctions. Un discours d'ailleurs similaire aux tenants de ceux qui nous vendent du MacDo, de l'écologie sans frontières, ou des écrans plats fabriqués en Chine, et qui n'ont besoin, en dernière analyse, que de consommateurs. Un nouveau genre humain fondé sur cette rencontre des mondes relève carrément du religieux. Et c'est assez effrayant.

Pour faire des bébés, il faut des familles. Au début de notre conversation, nous avons parlé de la figure du père. Que penses-tu, même si personnellement tu n'as pas eu un modèle très concluant, de la figure du père, à laquelle on reproche beaucoup de choses en Occident ?

Eh bien, je pensais être en profond désaccord avec Éric Zemmour là-dessus. Puisque c'est un sujet qui est aussi remis au goût du jour, j'y ai réfléchi. Je suis plus nuancée maintenant. Lui et d'autres peuvent faire de bons constats. Mais je n'arrive pas aux mêmes solutions.

Il va de soi que le féminisme d'une Alice Coffin ou d'une Sandrine Rousseau relève d'un registre délirant : l'homme n'est qu'un gamète nécessaire dans le cadre d'une fécondation. On finira bien par se débarrasser des hommes, puisqu'ils ne serviront plus à rien.

Sans aller jusqu'à ce maboulisme, je constate en effet les attaques répétées et de plus en plus violentes contre la famille. Celle qu'on connaît. Un homme, une femme. Eh oui c'est incroyable, mais la seule façon naturelle de faire des enfants et d'avoir une famille, c'est par cette rencontre-là.

Mais on oublie un peu vite que le féminisme se nourrit de la démission du patriarcat. Une fois encore, ce n'est pas le lieu pour rentrer dans les nombreuses définitions qu'on peut lui donner. Et pour conclure sur cette question du féminisme, il me semble que les femmes européennes n'ont pas à subir le mariage forcé[16], la déscolarisation dès le plus jeune âge[17] ou l'excision rituelle[18]. On me répondra qu'il y a bien d'autres questions soulevées par le féminisme, certes. Mais j'ai pour habitude de parler de ce que je connais. Et très franchement, le monde parfait réclamé par la plupart des féministes médiatiques, ce féminisme qui veut renverser les rôles entre l'homme et les femmes et aligner tout le monde sur le même plan, relève bien plus du fantasme qu'autre chose.

Et à propos de féminisme, le patriarcat, un autre épouvantail médiatique semblable au vilain racisme, qu'est-ce que c'est ? Si l'on s'en tient à l'idée que l'homme est là pour protéger sa famille, si c'est une épaule solide qui doit résister aux intempéries de la vie, je constate que les hommes ont, pour la plupart, aban-

[16] Chaque année, 12 millions de mineures sont mariées de force dans le monde (lefigaro.fr).

[17] Scolarisation des filles : où en sont les pays africains ? – Jeune Afrique.

[18] « La lutte contre l'excision doit s'intensifier en Afrique » (lemonde.fr).

donné cette incarnation. Donc le patriarcat, en Europe, est mort. C'est là où je serai assez critique de vos sociétés occidentales, que je trouve « trop modernes ». La famille n'est plus un idéal. Les gens veulent des carrières, réussir, faire de l'argent. Pas devenir père, mère, ou fonder des familles. Et je rencontre beaucoup de gens ici qui ont appris à vivre seuls. Qui, passé trente, quarante, cinquante ans, se satisfont de leur solitude, de leur carrière dans le tertiaire ou ailleurs.
Au Cameroun, après un certain âge, disons 30 ans, une femme, ou un homme d'ailleurs, doit être marié et avoir des enfants. Car la famille c'est un accomplissement. Ça n'existe pas, ou plutôt ça n'existe plus ici. Dans ce cas de figure, il ne faut pas s'étonner que des idées, qui font écho à la logique de consommation, ou d'achat d'un produit, comme la PMA-GPA, apparaissent en Occident. Pour compenser cette solitude, on a des gens qui décident de louer des ventres et d'acheter des enfants. Honnêtement, cette société moderne n'est franchement pas attrayante. Il y a des avantages à la modernité certes. Mais là, cette destruction progressive de la famille en Occident me laisse perplexe. Et le féminisme délirant et outrancier qui a cours ici depuis des décennies pourrait presque rendre la reproduction taboue en bout de chaîne. Ce n'est pas vraiment de cette

façon que la population européenne pourra repartir...

La « modernité occidentale » se retourne contre nous finalement ?

Modernité dont nous avons « hérité » en Afrique, en bien ou en mal d'ailleurs. Sauf qu'on « évolue » à pas de limace. Je pense sincèrement que c'est allé beaucoup trop vite pour vous. Nous, on prend notre temps. On peut même s'interroger sur les capacités qu'aurait la France aujourd'hui pour mener tout ce qu'elle a été capable d'accomplir par le passé. Est-ce que la France d'aujourd'hui pourrait mener les batailles qu'elle a gagnées durant des siècles ? Est-ce que la France d'aujourd'hui pourrait mener les expéditions qu'elle a menées dans le monde durant des siècles ? Est-ce que la France d'aujourd'hui pourrait apporter tout ce projet civilisationnel, culturel, philosophique à d'autres pays ? Je n'en suis pas certaine. Pas du tout même. J'ai, au contraire, le sentiment que la France, le temps passant, n'est plus ce qu'elle est, et ne pourra plus avoir cette grandeur qu'était la sienne. Puisqu'on évoquait les solutions juste avant, il faut bien sûr que les Français refassent des bébés. Ça, c'est une évidence. Mais il me semble qu'ils doivent se retrouver sur ce qu'ils sont, qu'ils disent ce qu'ils sont : historiquement, culturellement, etc. C'est dramatique de constater qu'une telle civilisation se laisse gagner par tant d'abattements.

Tandis que la France plonge dans une certaine torpeur, est-ce que le fait d'avoir copié le modèle politique occidental, qu'est la démocratie libérale de marché et d'opinion, a été bénéfique pour l'Afrique, ou au contraire une catastrophe ?

Je vais faire une réponse de Normande. C'est comme ça qu'on dit ? J'ai peut-être un peu de Normand en moi ? Qu'est-ce que t'en penses ? (*Rires*) Je dirais oui et non. Si c'était à refaire, et là je vais encore en faire grincer certains, je dis oui à la colonisation. Si c'était à refaire, bien sûr qu'il faudrait recoloniser l'Afrique. Je parle beaucoup, encore aujourd'hui, avec des anciens du Cameroun, et tous me rappellent que les bienfaits de la colonisation compensent très largement les déconvenues et les malheurs qu'elle a pu provoquer. Une fois encore, je sais qu'en disant cela, je vais me faire crucifier par un bon nombre qui sautent déjà nerveusement

sur leurs chaises : « *Mais comment elle peut dire ça ?!* » Eh bien oui, je le dis. Les bienfaits de la colonisation, nous au Cameroun, on les voit encore : le réseau de chemin de fer du Cameroun, il n'a pas bougé depuis 60 ans, le plus grand hôpital de Douala, c'est un vestige de la colonisation, l'école, c'est aussi un vestige de la colonisation. Mais ça, j'achète !
En revanche, là où je serais beaucoup plus critique, c'est sur l'esprit de la colonisation. Là où les puissances coloniales se sont totalement trompées, c'est dans leur volonté de transposition de ce qu'elles étaient au sein des colonies. Autrement dit, le côté matériel, technique, légué par les colons, c'est une excellence chose. Mais il est impossible de changer des peuples ! Il est vain de s'imaginer être en mesure de modifier la perception de la vie de plusieurs peuples, de vouloir corriger leur appréhension du monde, leur perception hiérarchique de la société. On a un vrai problème avec l'autorité en Afrique. Raison pour laquelle, la démocratie n'est absolument pas envisageable sur le continent. Le chef, c'est le chef. Point. C'est comme ça, la démocratie ne marche pas. La dictature, ça marche. La monarchie, ça marche. Parce qu'il nous faut un chef. Nous sommes des clans, et un clan fonctionne avec un chef. Même si ça froisse ou que ça provoque du vague à l'âme à des

démocrates occidentaux, la réalité finit toujours par nous rattraper.
Certes, on peut faire illusion : une élection par-ci, une élection par-là. Une passation de pouvoir ici, un référendum là. Mais dans le fond, c'est une vaste blague. Et en Afrique personne n'est dupe.

Tu ne vas pas arranger ton cas en parlant de la colonisation de façon positive. À ça, on t'opposera que tu participes au néocolonialisme actuel des puissances occidentales. Position quasi criminelle, non ?

Ça, c'est drôle ! (*Rires*) Effectivement, c'est quelque chose qu'on me rétorque souvent. Mais une fois encore, il faut que les décoloniaux professionnels réfléchissent un peu plus et gémissent un peu moins.
Je ne suis pas binaire. La France n'est pas plus un bourreau que les anciennes colonies africaines sont des petits anges. Et inversement bien sûr.
En revanche, un peu de bon sens fait toujours du bien. Ce sont bien les méchants colons qui sont venus expliquer aux Africains sur quoi ils étaient en train de marcher ? Et aujourd'hui, qu'est-ce qu'ils en font de leurs ressources ?

Cobalt, uranium, or, diamant, etc., qui ne prennent de la valeur qu'en allant ailleurs. Oui, il y a des matières premières en Afrique. On ne sait même pas les transformer ! Prenons le chocolat. C'est pareil. C'est quoi l'idée ? Vendre le produit brut au même prix que le produit manufacturé ? Ha ! c'est beau, mais ça n'existe pas ! Ce n'est pas comme ça que ça marche.
Oui, il y a des ressources en Afrique. Et vous en faites quoi ? Autre exemple : le bassin Nika qui se trouve au Congo. Le projet du Barrage Grand Inga est typique de ces bonnes intentions : un énorme complexe de barrages censés électrifier tout la région. Si l'endroit était intelligemment utilisé, l'Afrique centrale serait électrifiée à 100 %. Et pourtant, il n'y a que 10 % de la population congolaise qui est branchée. Alors, s'en prendre à la France, aux méchants colons ou je ne sais quoi, c'est plus qu'éculé comme discours.
Et malgré ce qu'on pourrait croire, nombreux sont ceux, étudiants, anciens étudiants, diplômés, etc. qui veulent rentrer. Combien ont des projets, envisagent des choses pour modifier la vie là-bas, mais qui en sont empêchés. Une fois sur place, tout ce qu'ils envisagent, tout ce qu'ils proposent, se fait torpiller manu militari. Le politicien véreux, la police qui met des bâtons dans les roues, l'administration qui te fait comprendre que quoi que tu tentes, ça ne

marchera pas... Ils maintiennent le statu quo.
Si les Occidentaux peuvent faire quelque chose, plutôt que de battre leur coulpe en permanence à propos de la décolonisation, plutôt que de parler de l'annulation de la dette de certains pays africains, que les politiciens occidentaux maintiennent la pression sur nos politiciens à nous ! Que nos dirigeants nous laissent mettre en place des projets.
On veut rentrer, vraiment. Mais dès lors où tu es parti, il y a inscrit « pigeon » sur ton front lorsque tu reviens au pays. Et les pigeons finissent par se faire plumer.

En filigrane de tout ça, la perversité des rapports entre Afrique et Occident, sans désigner l'un ou l'autre comme bourreau ou victime, pose bien la question d'une immigration qui ne s'arrêtera jamais, dès lors où le problème n'est pas réglé là-bas ?

Avant même les guerres, le climat ou que sais-je, la pauvreté reste la raison numéro un de l'immigration. Avec les dirigeants que nous avons, ça n'en finira jamais, c'est vrai. On peut partir de nulle part en Occident et réussir. Comme je le rappelais tout à l'heure, en aucun cas la vie n’est plus facile ici. Qu’on n’aille pas me faire dire que le lait et le miel coulent dans les caniveaux de Paris. Mais il est possible, si tu travailles, si tu te donnes les moyens et de la peine, de se créer une situation. En Afrique, ce n'est pas possible. Les dirigeants sont des héritiers : des anciens esclavagistes, des familles qui ont commercé avec la France, etc. Voilà pourquoi je serais pour une recolonisation de l'Afrique. La présence claire et affichée d'une puissance coloniale qui encadre et pousse les jeunes à bosser, plutôt que des potentats croupissants qui gardent le pouvoir pendant quarante ans, cinquante ans, soixante ans ? J'achète ! Quitte à ce que tous ceux qui sont ici retournent en Afrique. Évidemment ! Mille fois oui !

Les jeunes africains en France, hormis quelques exceptions, sont de la mauvaise graine. Ils donnent une image déplorable de l'Afrique. Mais je connais une majorité, là-bas, qui veut travailler, qui veut s'en sortir.

Alors si l’on résume, ce n'est pas la France qui exploite l'Afrique. La Chine le fait bien mieux, et là, les dé-coloniaux on ne les entend pas. Je tends l'oreille pourtant, mais ô surprise, c'est le silence. Que certaines entreprises françaises utilisent les ressources du sol africain à des fins énergétiques ou pour faire des produits manufacturés... Certes. Et alors ? Les Américains, les Russes, ou les Chinois (encore eux) ne le font-ils pas ? Ça s'appelle le commerce, je ne vois pas le rapport avec la pleurniche coloniale. Et bien plus que la Chine ou que les États-Unis, la France a un rôle très particulier à jouer en Afrique, car c'est elle qui peut rompre cette politique de statu quo vis-à-vis des politiciens. C'est elle qui historiquement nous a transmis le logiciel politique dans lequel nous sommes toujours. On l'a bien dit, ce n'est pas parfait, loin de là. Il n'empêche que c'est la France qui sera écoutée. C'est la France qui peut mettre en place une politique intelligente de remigration avec les pays africains, en poussant la jeunesse de ces pays à se prendre en main, à bosser pour leur pays. Mais ça ne passera pas par l'envoi d'argent gratuit ! Comme pour la jeunesse pauvre en France d'ailleurs. La jeunesse pauvre d'Afrique a un destin... en Afrique. Si l'on veut faire une aide au développement, c'est là que la France doit jouer sa carte de grande nation. Pas autrement.

Tout au long de l'entretien, tu as beaucoup parlé de racisme et l'expérience finalement très personnelle que ça représente. C'est même un point essentiel de ta parole politique. J'ai le sentiment, malgré ce que nous raconte toute la Woke-culture fondée sur ces questions de justice sociale, que le racisme, en France en tout cas, relève bien plus d'un parcours personnel qu'autre chose ? Est-ce que je me trompe ?

Je le pense, oui. Le racisme n'est pas propre à une couleur de peau. C'est propre à toutes les couleurs de peau. L'expérience n'est jamais la même en fonction du vécu. Les gens, en Occident, qui affirment que le racisme anti-blanc n'existe pas, je les invite à voyager pour qu'ils comprennent que le racisme est présent partout. Lutter contre les discriminations ? Mais oui, bien sûr. C'est comme poser la question : « *Es-tu pour ou contre le massacre des bébés éléphants ?* » C'est comme poser la question : « *Tu es pour ou contre la paix dans le monde ?* » C'est d'une telle naïveté. Beaucoup de personnes vivant le martyr en Afrique, souffrent du fait d'autres personnes noires. Les responsables ne sont pas blancs là ? Je trouve ridicule de vouloir faire de cette question très intime, qui peut être une blessure, mais qu'il faut transformer en force, un sujet politique, public, qu'il faudrait jeter en pâture sur la place publique. Ça fera peut-être de la peine à certains croyants, mais nous n'avons pas vocation à tous nous aimer. Et ça vaut aussi bien pour les noirs que pour les blancs. Et puisque d'un point vu politique, les populations ne sont pas interchangeables, les bonnes frontières feront les bons voisins.

En conclusion, que penses-tu du combat des idées, autant celles contre lesquelles tu t'insurges que celles que tu défends ?

Je suis très pessimiste. Particulièrement à propos de l'Occident. Beaucoup moins pour les sociétés africaines en revanche. Je pense très sincèrement que les sociétés européennes, en plus des questions identitaires, sociales, écologiques, etc. se prennent toute cette cancel-culture dans le museau, en l'acceptant quasiment à bras ouverts. Je crois qu'elles ne se rendent pas compte de ce qu'elles font. Certes, on avance à la traîne en Afrique, à petit, voire tout petits pas. L'Occident en revanche saute à pieds joints dans tous ces délires progressistes.

Elle est en train de scier la branche sur laquelle elle est assise. Et ce monde devient de plus en plus effrayant. Les « pas de géant » dans le progrès, je crois que l'Occident, donc la France, finira par en payer les conséquences un jour.
En arrivant en France, j'ai compris l'importance de l'éducation que ma mère a pu m'apporter. Je la trouvais dure dans ma jeunesse. Mais elle avait raison. C'est grâce à ça que j'ai pu m'intégrer en France. Ce pays qui la faisait tant rêver, pareil pour moi. Mes yeux s'écarquillent désormais quand j'entends ces gauchistes en papier, ces gens qui, impressionnant de sensibilité et de susceptibilité, ces pseudos progressistes, en appellent à la censure et à la mort sociale des gens avec qui ils ne sont pas d'accord.
La France se perd. C'était un phare, une référence pour le monde depuis des siècles. Mais elle est en train de sombrer.

D'un point de vue plus personnel, où t'imagines-tu dans quelques années ?

Je suis noire. Ça se voit. (*Rires*) J'aime ce pays, je veux m'intégrer, m'assimiler et y travailler. Sans pour autant avoir la sensation sur mes épaules que je participe au « grand remplacement », je n'ai pas envie de me sentir

coupable. Et cette ambiance-là plane, il ne faut pas se le cacher. Mais comme j'ai tenté de l'expliquer jusqu'ici, je ne rejoins pas le camp des plaintifs professionnels.
Le débat des idées est tellement clivé aujourd'hui, c'est soit noir, soit blanc, sans mauvais jeu de mots hein ? (*Rires*) Il y a quelque temps, on m'aurait posé la question, pour qui est-ce que tu voterais ? J'aurais répondu sans hésiter Marine Le Pen. Aujourd'hui, je ne pourrai pas dire. À la question, quels sont les problèmes de la France ? Je suis quand même gênée par ce besoin permanent de répondre « *l'immigration, l'immigration, l'immigration !* » Évidemment c'est ma perspective. Mais j'ai du mal à me situer là-dedans. Entre ce discours récurrent à droite, et les chamans islamisés de la gauche qui détestent la France et qui t'interdisent de manger de la viande, honnêtement, entre ces deux visions, je ne me retrouve dans rien.
Alors si je dois rentrer, bien sûr que je le ferai. Mais rentrer au Cameroun serait pour moi un retour au statu quo. Mes études sont terminées, et j'ai des propositions pour travailler à Genève ou au Congo. Ce que j'ai appris ici me resservira quoi qu'il arrive, et rien que pour ça, pour cette grande chance-là, je suis reconnaissante.

Tu as 27 ans. Quel message adresserais-tu aux jeunes, d'ici et de là-bas ?

Il est temps que la jeunesse immigrée ou issue de l'immigration fasse profil bas. Si beaucoup vous font comprendre qu'on en a marre de vous, remettez-vous un peu en question, et arrêtez de blâmer les autres. Vous n'avez pas à exiger un quelconque changement de la part de la terre qui vous accueille. Vous vous adaptez, ou vous rentrez. Personne ne vous retient. À force de vous faire remarquer, à force d'en rajouter des kilos de lamentations sans vous remettre en question, à force de ternir l'image de ce que vous êtes, ce sont des gens intéressants, motivés qui paieront les pots cassés. Cette image de parasites qui viennent ici squatter et profiter des bienfaits qu'ils ne pourraient même pas espérer chez eux, c'est la pire chose que vous pouvez faire.
Après mon petit parcours en France, j'espère que certains se diront : « *Voyez, il n'y a pas que des Traoré ! Il y a aussi des Stella.* » Ça sera une belle victoire pour moi.
Et pour la jeunesse autochtone, et bien faites des enfants, et choisissez mieux ceux qui vous dirigent et vous mettent dans la merde bon sang !

Merci Stella.

Merci beaucoup de m’avoir donné la parole. Et j’espère très modestement que mon message sera entendu et honnêtement reçu. Car j'ai beau être pessimiste, j'ai toujours un espoir quant aux belles choses qui peuvent advenir.

Achevé d'imprimer en Décembre 2021 par
ROUDENNGRAFIK